As melhores frases em veja

As melhores frases em veja

Organizador: Julio Cesar de Barros

Benvirá

Diretor editorial: Thales Guaracy
Gerente editorial: Rogério Eduardo Alves
Editora: Débora Guterman
Editores-assistentes: Johannes C. Bergmann , Paula Carvalho e Richard Sanches
Assistente editorial: Luiza Del Monaco
Assistente de direitos autorais: Renato Abramovicius
Edição de arte: Carlos Renato
Serviços editoriais: Luciana Oliveira
Produção gráfica: Liliane Cristina Gomes
Impressão e acabamento: Sermograf Artes Gráficas e Editora Ltda.

Projeto: Vendo Comunicação
Edição de Arte: Marcius Marques
Revisão: Tulio Kawata

CIP-BRASIL. CATALOGAÇÃO NA FONTE
SINDICATO NACIONAL DOS EDITORES DE LIVROS, RJ

CIP-BRASIL. CATALOGAÇÃO NA FONTE
SINDICATO NACIONAL DOS EDITORES DE LIVROS, RJ

M483

As melhores frases em Veja: 1995 a 2012 / organizador Julio Cesar de Barros. - São Paulo: Benvirá, 2012.
320p: il.

ISBN 978-85-64065-56-7

1. Veja (Revista). 2. Citações. 3. Máximas. I. Barros, Julio de Cesar.

12-3354. CDD: 808.88

CDU: 82-84

1ª edição, 2012

Benvirá, um selo da Editora Saraiva.
Rua Henrique Schaumann, 270 | 8º andar
CEP 05413-010 | Pinheiros | São Paulo | SP
www.benvira.com.br
545.913.001.001

História falada

Uma das seções mais lidas da revista, VEJA ESSA começou a ser editada em setembro de 1996. Mas, antes mesmo da criação da seção, a revista já reservava um espaço privilegiado para as melhores frases do ano. A retórica dos políticos, as gafes dos famosos, as reações intempestivas de autoridades servindo de matéria-prima para fazer rir e refletir. Inusitadas, engraçadas, absurdas, surreais, as frases revelam personalidades, temperamentos e características. Reunidas em ordem cronológica, elas nos dão um painel que ajuda a entender e ilustram o momento histórico. São uma síntese de pensamento, de posicionamento ético e político, e manifestação da futilidade do homem público ou da celebridade. VEJA ESSA publicou cerca de 10 000 frases, algumas delas ilustradas por fotografia ou caricatura de seus autores feitas pelas lentes dos melhores fotógrafos e artistas gráficos do país. Este livro é uma seleção de algumas dessas milhares de citações, abarcando o período dos governos FHC, Lula e Dilma Rousseff, até aqui.

Divirta-se.

Julio Cesar de Barros, organizador

SUMÁRIO

1995

O Plano Real

Fernando Henrique governa embalado nas asas do real, com inflação baixa e algumas crises

"Vamos evitar que esse espírito de corvo volte a pousar no país, de ver podridão em tudo."

FERNANDO HENRIQUE CARDOSO, presidente da República, esconjurando o escândalo das escutas telefônicas do caso Sivam.

"A diferença entre o presidente Clinton e eu é que ele tem contra si uma maioria organizada e eu tenho uma maioria desorganizada a meu favor."

Queixando-se da base aliada.

"Não sou encanador para entender de vazamento."

Referindo-se ao vazamento de informações para o mercado financeiro a respeito das alterações no câmbio.

"Se tiver alguém aqui com a cueca suja, não sou eu."

Dois dias depois de ser flagrado com a meia furada.

"Estou fora. As hipóteses de reeleição e de deixar a mulher não são comigo."

Na base do acredite se quiser.

"Para ser de esquerda é preciso ser burro?"

Desafiando a oposição radical.

"Uma dorme comigo e a outra me pariu. A Bíblia diz que o homem deve honrar pai e mãe para que sua vida se prolongue na terra. Se pudesse, daria dez empregos para minha mãe."

GILVAM BORGES, senador que contratou a mulher e a mãe para cargos em seu gabinete.

"É um circo do qual Vossa Excelência é o palhaço."

REINHOLD STEPHANES, ministro da Previdência, para o deputado Euler Ribeiro, que o acusou de transformar as audiências na Comissão da Câmara em circo.

"Eu não sou o responsável pelo Fleury. Sou o culpado."

ORESTES QUÉRCIA, ex-governador de São Paulo, referindo-se ao seu sucessor.

"Sou o único no Brasil que quer pagar uma dívida e só levo cacetada."

MÁRIO COVAS, governador paulista, falando das negociações com o Banco Central para pagamento da dívida do estado.

"Nós do PFL não temos de nos sentir mal no governo. Esse governo é nosso."

ANTONIO CARLOS MAGALHÃES, senador.

"Só posso dizer que as mãos do Jatene são melhores que o cérebro de Sergio Motta."

ACM, trombando com o braço direito do presidente.

"Sergio Motta é amigo do rei, eu não sou amigo do rei. Eu elegi o rei, sei quantos votos eu valho."

IDEM.

"Governo é como violino. Você o toma com a esquerda e toca com a direita."

JOSÉ SARNEY, senador e ex-presidente.

"Foi a primeira vez que o governo manifestou alguma genuína preocupação com a agricultura. O ministro José Serra mandou um jornalista plantar batatas."

DELFIM NETTO, deputado federal (PPB-SP).

"O governo capta no exterior pela maior taxa de juro no mundo e a manchete é 'Aumenta a credibilidade do Brasil'. No meu tempo era 'Aumenta a dívida externa'."

IDEM, em perspectiva histórica.

"São os trabalhadores que compram nossos produtos. E é uma falácia julgar que pagando salários miseráveis vamos ter desenvolvimento."

MARIO AMATO, presidente da Confederação Nacional da Indústria.

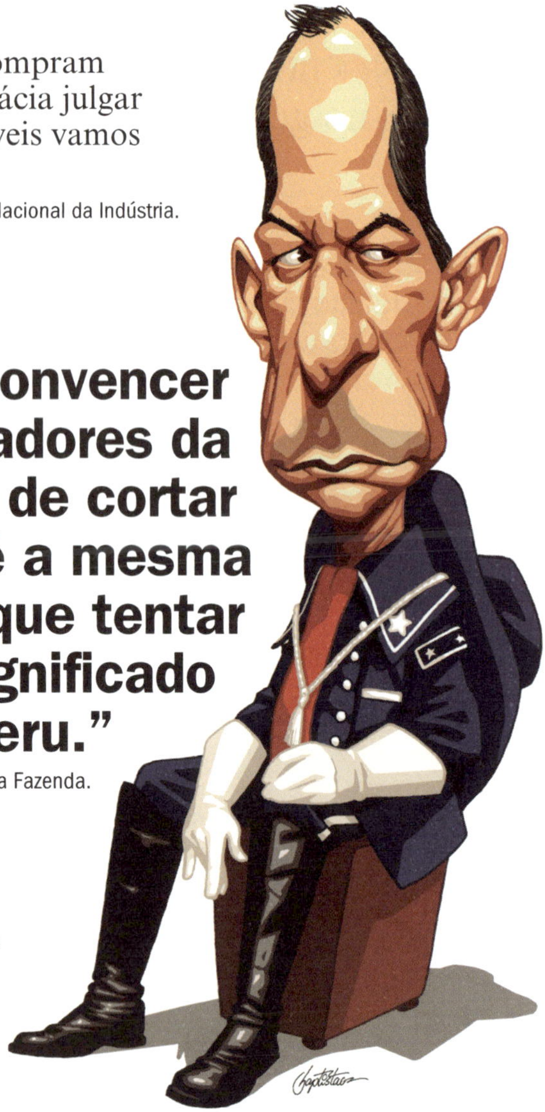

"Querer convencer os governadores da necessidade de cortar verbas é a mesma coisa que tentar explicar o significado do Natal ao peru."

CIRO GOMES, ex-ministro da Fazenda.

"Se tiver uma ideia diferente, eu expresso. Não tenho a mesma posição política só por ser casada."

RUTH CARDOSO, primeira-dama do Brasil.

"A equipe econômica é prejudicial à saúde. Quem adverte é o ministro Adib Jatene."

LUIZ GUSHIKEN, deputado federal (PT-SP).

"Eu pedi para me esquecerem e você me liga para lembrar? Não me amola."

JOÃO BAPTISTA FIGUEIREDO, último presidente militar, a um repórter que queria entrevistá-lo.

"O presidente nomeou muitos ministros marxistas. São todos discípulos de Groucho Marx."

MAURÍCIO REQUIÃO, deputado federal (PMDB-PR).

"Só há duas maneiras de administrar uma cidade: ou você pisa no pescoço das pessoas, diz dois palavrões e resolve a questão, ou você fica despachando papéis."

PAULO MALUF, prefeito de São Paulo.

"Sei de muito desaparecido que está bem vivo por aí."

MAURO CÉSAR PEREIRA, ministro da Marinha, sobre as indenizações a parentes de desaparecidos políticos.

"A reforma do Estado brasileiro não sairá por ejaculação dos tecnocratas."

WANDERLEY GUILHERME DOS SANTOS, cientista político.

"Essa masturbação sociológica me irrita."

SERGIO MOTTA, ministro das Comunicações, sobre o programa Comunidade Solidária.

"As decisões dos deputados são fálicas."

MARTA SUPLICY, deputada federal (PT-SP).

O Mundo É Um Moinho

"A primeira-dama por excelência foi Nancy Reagan. Ela fez plástica nos olhos para que brilhassem como os de uma mulher apaixonada."

GERMAINE GREER, filósofa feminista, da Universidade de Cambridge.

"Ser presidente é como administrar um cemitério: há um monte de gente embaixo de você, mas ninguém escuta."

BILL CLINTON, presidente americano.

"Um dia direi a minha filha que gostei muito de Rabin, meu sócio no processo de paz."

YASSER ARAFAT, líder da OLP, sobre o assassinato do primeiro-ministro de Israel Yitzhak Rabin.

"Meu dever era matar Rabin. Era um dever sagrado."

YIGAL AMIR, fanático que matou Rabin.

"Eu o adorava. Estava apaixonada por ele."

PRINCESA DIANA, ao admitir um caso com o major James Hewitt.

"Éramos três nesse casamento. Então, estava um pouco lotado."

DIANA, sobre o relacionamento do príncipe Charles com Camilla Parker-Bowles.

"Uma noite eu lavei os pijamas de Charles, sujos de lama depois de um encontro amoroso com Camilla ao ar livre, enquanto Diana dormia do lado de dentro da mansão campestre."

KEN STRONACHI, camareiro do príncipe.

"Eu queria ser bombeiro. Sabia que não tinha inteligência para ser astronauta. Essa é a vantagem de ser ator: me tornei um com a pequena esperteza que possuo."

TOM HANKS, ator, protagonista do filme *Apolo 13*.

"Desculpem-me, tenho de interromper. Feliz Natal e que Deus os abençoe."

PAPA JOÃO PAULO II, doente, durante a bênção de Natal.

"O adultério não é um grande pecado, pois Deus dotou os homens do gene da promiscuidade. Para a espécie humana sobreviver, nós devemos espalhar nossas sementes."

RICHARD HALLOWAY, bispo da Igreja Anglicana na Escócia.

Debi & Lóide

"As gravadoras só contratam bandas que tenham pelo menos um integrante homossexual. Somos um dos últimos grupos heterossexuais do Brasil."

MARCELO NOVA, da banda Camisa de Vênus.

"Mina, teus cabelo é da hora. Teu corpão violão. Meu docinho de coco, tá me deixando louco."

MAMONAS ASSASSINAS, a banda musical mais tocada do ano nas rádios.

"É para isso que nasci e fui criado. É só o que sei fazer."

MIKE TYSON, em seu retorno aos ringues.

"Essa raça se conhece e se junta contra mim. Uma delas sugeria beijar minha boca."

VERA FISCHER, comentando as desavenças com suas empregadas domésticas.

"Estamos juntos há 1 000 beijos, 800 cheiros e 900 lambidas."

MAITÊ PROENÇA, atriz, falando de seu namoro com Victor Fasano.

"Meu desejo é ver Deus. E, como dizia Freud, se eu morrer e chegar à presença de Deus, terei muito mais coisas a perguntar para Ele do que Ele para mim."

LEONARDO BOFF, teólogo.

"Escrevi o livro para tirar o pé da lama."

ADRIANE GALISTEU, última namorada de Ayrton Senna, falando do livro *O caminho das borboletas*.

"É só começar um *songbook* que o cara falece. E esse negócio de biografia também é um pé na cova."

TIM MAIA, cantor e compositor que teria seu próprio *songbook* lançado.

"Vou ficar mais gostoso do que já sou."

SERGIO MOTTA, falando de seus planos de emagrecer mais 15 quilos, depois de sofrer um infarto.

"Eu sou o estrume do cavalo do bandido."

EDIR MACEDO, líder da Igreja Universal do Reino de Deus.

"Se quiser ajudar, amém. Se não quiser, que se dane. Ou dá ou desce."

IDEM, aos fiéis infiéis com relação ao mandamento do dízimo.

"Será que Deus pode ser comparado a esse boneco feio, horrível? Isso aqui não é santo coisa nenhuma."

SERGIO VON HELDER, bispo da Igreja Universal, ao chutar uma imagem de Nossa Senhora Aparecida.

1996

O real se consolida

Com o dragão da inflação abatido, FHC reina como um príncipe neoliberal pensando na reeleição

"O negócio está tão confuso que é preciso usar linguagem de redator de horóscopo. Falar, falar, falar e não dizer nada."

LUIZ CARLOS SANTOS, ministro da Coordenação Política, sobre o momento político.

"Sou usineiro, cachaceiro e, certamente, o primeiro presidente do PSDB que não fala francês."

Deputado **TEOTÔNIO VILELA FILHO**, presidente eleito do partido.

"Os brasileiros são caipiras, desconhecem o outro lado, e, quando conhecem, encantam-se."

FERNANDO HENRIQUE CARDOSO, presidente.

"Esta história de recessão no Brasil é lixo, é *bullshit*."

PEDRO MALAN, ministro da Economia, que depois se preocupou em saber como os jornalistas iriam traduzir a expressão em inglês.

"Eu sou bom de cama: deito e durmo imediatamente."

MURILO PORTUGAL, ex-secretário do Tesouro Nacional, garantindo que o cargo nunca lhe tirou o sono.

"Não podemos viver sempre em círculo, como peru na véspera de Natal, ao redor de nossas dificuldades. Nós temos que superar esta mentalidade apenas choramingueira."

FERNANDO HENRIQUE CARDOSO, propondo uma postura propositiva dos brasileiros.

"Faltam-me o engenho e a arte, a paixão, a vocação. E, como se isso tudo não bastasse, faltam os votos."

PEDRO MALAN, ministro da Fazenda, sobre a improbabilidade de seguir carreira política.

"Não se vai para uma caçada dessas só com uma bala na espingarda."

INOCÊNCIO OLIVEIRA, líder do PFL na Câmara, apoiando opções múltiplas para a reeleição de FHC.

"O senhor é um sedutor. Se fosse mulher, não resistiria aos seus encantos."

PAULO MALUF, prefeito de São Paulo, em conversa com o presidente FHC.

"Não dá para ter raiva desse homem. Ele é muito envolvente."

Deputado **LUIZ EDUARDO MAGALHÃES** (PFL-BA), sobre FHC como articulador.

"Nem o papa me faria subir num palanque ao lado do Maluf. Não é uma aliança que caiba na minha vida. Ele me dá urticária."

ARTHUR VIRGILIO NETO, secretário-geral do PSDB.

"Durante quarenta anos, Fernando Henrique Cardoso interpretou a História pelo prisma do marxismo-leninismo. Agora se transforma num liberal que deixa ruborizado o Roberto Campos. É meu marxista preferido."

FERNANDO COLLOR DE MELLO, ex-presidente.

"Temos sociólogos bons e medíocres. Uns acabam professores, outros, presidentes da República."

HERBERT DE SOUZA, Betinho, sociólogo.

"O assunto Conselho de Segurança está mais parado do que o trânsito na 1ª Avenida."

LUIZ FELIPE LAMPREIA, ministro das Relações Exteriores, falando em Nova York sobre a reordenação que eventualmente permitiria o ingresso do Brasil no organismo da ONU.

"Chego aos 100 anos mais dinossauro do que nunca."

BARBOSA LIMA SOBRINHO, ex-presidente da Associação Brasileira de Imprensa, confirmando sua oposição ao neoliberalismo.

"Tivemos de apelar para o sistema Kombi *on-line.*"

ANTONIO CARLOS AMORIM, presidente do TRE do Rio, sobre o atraso na apuração dos votos no estado.

"O PPB tem sérias dúvidas de que a reeleição seja o bálsamo que cura desde unha encravada até câncer de cérebro."

Deputado **DELFIM NETTO**, presidente em exercício do PPB.

"Como os bandidos não respeitam nem a casa de Deus, eu deixo minha bolsa em casa."

CONSTÂNCIA DE ALVARENGA, dona de casa, sobre furtos praticados em igrejas de São Paulo.

"Politicamente, o Pitta não é negro, mas branco. Sua mulher, inclusive, é branca."

MARIA DA PENHA GUIMARÃES, coordenadora da Comissão do Negro da Ordem dos Advogados do Brasil, sobre os índices relativamente baixos de Celso Pitta, candidato a prefeito de São Paulo, entre negros e pardos.

"Ele nunca fala nada, continua reticente. Eu é que fico igual cachorro, mordendo o calcanhar dele."

LÚCIA VERÍSSIMO, atriz e empresária, sobre sua oferta de trabalhar pela reeleição de FHC.

"Gosto da canção e do cantor, mas esta serenata veio em uma hora ordinária."

Deputado **BENITO GAMA**, líder do governo na Câmara, sobre o pacotão da reforma administrativa.

"Não quero fulanizar o debate."

FERNANDO HENRIQUE CARDOSO, presidente, garantindo que a mudança de regras sobre a reeleição valeria para qualquer um.

"A esquerda brasileira é burra, não faz alianças. A direita é esperta, se alia e vence as eleições."

JOSÉ LOUZEIRO, escritor.

"Todo mundo está quebrando. A inadimplência não cai."

Deputado **DELFIM NETTO** (PPB-SP).

"Apoiar o candidato do Paulo Maluf para que ele apoie a tese da reeleição é o que eu chamo de incoerência. Isso é o que eu não sei fazer."

MÁRIO COVAS, governador de São Paulo.

"No Congresso, você sabe como uma coisa entra, mas nunca como sai. Pode entrar uma foto da Marilyn Monroe e sair uma da Benedita da Silva."

PIO GUERRA, eleito presidente do Sebrae com apoio do governo federal.

"Estou sendo discriminada como mulher e como política, igual às microempresas."

BENEDITA DA SILVA, que processaria Pio Guerra por racismo.

"O PMDB deu uma de macho."

Senador **NEY SUASSUNA** (PMDB-PB), sobre a decisão do partido de disputar a presidência do Senado.

"Jantar ao qual não vou não vale."

Senador **ANTONIO CARLOS MAGALHÃES**, ao detonar a tentativa, acertada num jantar de caciques partidários, de vetar a migração do senador Gilberto Miranda para o PFL.

"Não se deve enganar o povo a toda hora."

MARCELLO ALENCAR, governador do Rio, desmentindo seu candidato a prefeito, Sérgio Cabral Filho, que prometeu ampliar o metrô carioca até a Barra.

"Você só está acostumado a cortar queijo francês."

LUIZA ERUNDINA, candidata a prefeita de São Paulo pelo PT, ao senador Eduardo Suplicy, que a acompanhava em campanha e vacilou diante de uma rapadura.

"Fernando Henrique é o mais ilustre chefe de Estado do mundo, ainda que se leve em consideração que a competição hoje não é das maiores."

STEPHEN COHEN, professor da Universidade da Califórnia em Berkeley.

"O presidente da República é burro. Se fosse inteligente, faria a reforma agrária, até por sua vaidade pessoal."

VICENTE PAULO DA SILVA, presidente da Central Única dos Trabalhadores.

"Puxadores de saco de banqueiros iguais a esses não existem."

Deputado **DELFIM NETTO**, do PPB, sobre o presidente Fernando Henrique Cardoso e sua equipe econômica.

"O PT é como avião da TAM, pode explodir."

LUIZ INÁCIO LULA DA SILVA, ex-presidente do PT, sobre a ligação capixaba do partido, em discussão numa reunião fechada que foi logo divulgada.

"Digo com a maior sinceridade: se o presidente tivesse me dito que era favorável à reeleição, eu teria escolhido outro candidato."

ITAMAR FRANCO, ex-presidente e, à época, embaixador na OEA.

Mundo Pequeno

"Existe algo de reconfortante num chanceler alemão que, quando acorda no meio da noite, está pensando em assaltar a geladeira, não em reordenar o mundo."

Artigo da revista **THE ECONOMIST** sobre o primeiro-ministro Helmut Kohl, que se tornou o mais duradouro líder alemão do pós-guerra.

"Ele tocava numa banda de rock chamada Beatles."

YULYA PARKHOMENKO, estudante russa de 10 anos, quando perguntada sobre quem foi Lênin.

"O Paraguai importa 20 milhões de balas por ano. É muita munição para um país de apenas 5 milhões de habitantes. Dá para matar todos os paraguaios, com quatro balas em cada um."

JUAN CARLOS WASMOSY, presidente do Paraguai.

"Eles dormem juntos, sim, mas discretamente."

De um **AMIGO** do príncipe Charles, sobre a relação dele com a amante, Camilla Parker-Bowles.

"É impressionante como as pessoas ganham de você no golfe depois que você deixa de ser presidente."

GEORGE BUSH, ex-presidente dos Estados Unidos.

"Tenho um mordomo que faz isso."

FIDEL CASTRO, presidente de Cuba, depois de recusar uma troca de gravatas proposta pelo primeiro-ministro espanhol, José María Aznar, alegando que não sabe dar nó.

"Eu sou capitalista e o senhor é que tem mordomo?"

AZNAR, em resposta a Fidel.

"O presidente Clinton poderia combater sua fama de mulherengo tornando-se mórmon. Se tivéssemos quatro ou cinco primeiras-damas, seria mais fácil para o povo americano gostar de pelo menos uma delas."

DON IMUS, radialista, em show na presença de Clinton.

"Um plano era colocar veneno no leite de camela que ele toma todo dia de manhã. Outro, colocar uma bomba no carro."

IDRIS AL-SENUSSI, príncipe líbio exilado em Londres, sobre dois planos, frustrados, para matar o coronel Muamar Kadafi.

"Bem-vindos à Agência Central da Estupidez."

Saudação da *home page* da **CIA** (Agência Central de Inteligência) na Internet, infiltrada por um *hacker*.

"O conservadorismo ideológico da esquerda é impressionante. Se nascesse hoje, Marx não seria marxista."

FELIPE GONZÁLEZ, ex-primeiro-ministro espanhol, em visita ao Brasil.

"Acho que o papa sabia muito mais do que nós."

ROBERT GATES, ex-diretor da CIA, sobre a suposta aliança entre o serviço de espionagem dos Estados Unidos e o Vaticano no combate ao comunismo.

"Vão me prender antes disso."

DOMINGO CAVALLO, ex-ministro da Economia da Argentina que fazia pesadas acusações de corrupção no governo, sobre suas chances presidenciais.

"Se até agora ninguém morreu é porque não estamos seguindo as regras ao pé da letra."

DIRETOR de um hospital no Afeganistão, que liberou médicos para examinar mulheres, desobedecendo às ordens dos ultrafundamentalistas do Talibã.

"Perder dói."

BOB DOLE, candidato derrotado a presidente dos Estados Unidos.

"Não somos vítimas de uma ditadura de partido único, mas de uma ditadura de cama única."

VUK DRASKOVIC, líder da oposição sérvia, acusando o presidente Slobodan Milosevic e sua mulher, Mirjana Markovic, de monopolizarem o poder.

"O tapa na cara de Bill Clinton acaba com os sonhos dos fumadores de haxixe da Casa Branca."

Editorial do **AL-JUMHOURYA**, jornal do governo iraquiano, referindo-se aos planos americanos para derrubar Saddam Hussein.

"Sexo de primeira. E muito."

GOLDIE HAWN, atriz americana, sobre o segredo de seus bem conservados 50 anos.

"Ela é incrivelmente burra."

HELEN MIRREN, atriz inglesa, referindo-se à princesa Diana.

A Torto e a Direito

"Perguntei se ele não é capaz de fazer um filho como todo mundo. Ela riu e disse: 'Michael não faz nada como todo mundo'."

GORDON ROWE, piloto aposentado, relatando conversa que teve com a filha, Debbie, que está grávida e se casou com Michael Jackson.

"Terminou. É menino!"

ZÉLIA GATTAI, ao final da angioplastia a que seu marido, o escritor Jorge Amado, foi submetido.

"Este time precisa perder, porque só sabe ganhar, ganhar, ganhar."

ZAGALLO, técnico da seleção brasileira, antes de perder as Olimpíadas.

"Quero ser como a princesa Isabel e acabar com a escravidão no futebol."

PELÉ, ministro e Rei, sobre a Lei do Passe.

"Na Argentina há milhares de mulheres muito mais atraentes que Madonna."

CARLOS MENEM, presidente argentino, rebatendo as insinuações da cantora de que ficou caído por ela.

"Agora que eu aprendi a falar, passo um dia inteiro dizendo um bocado de coisas."

MANUELZÃO, 92 anos, vaqueiro e personagem de Guimarães Rosa, que está dando palestras e depoimentos.

"Tive sorte na roleta, ganhei 60 pesetas. Com esse dinheiro, desfrutei três noites seguidas num bordel."

Trecho de uma das 23 cartas do escritor argentino **JORGE LUIS BORGES** leiloadas em Paris.

"Se tivesse *affair* com todo mundo que dizem, estaria hospitalizada, com pneumonia."

CLÁUDIA RAIA, atriz.

"A gravidez é uma grande piada de Deus com as mulheres."

MADONNA, cantora americana, explicando por que fugiu de compromissos públicos com a gravidez avançada.

"O que eu gostaria de ter feito e não fiz é 20 anos, ontem."

LUIS FERNANDO VERISSIMO, escritor, ao completar 60 anos.

"Em jogo de paz com as cubanas, eu não entro nem morta."

ANA PAULA, atacante da seleção de vôlei, sobre a hipótese de um jogo de reconciliação contra as arqui-inimigas das brasileiras.

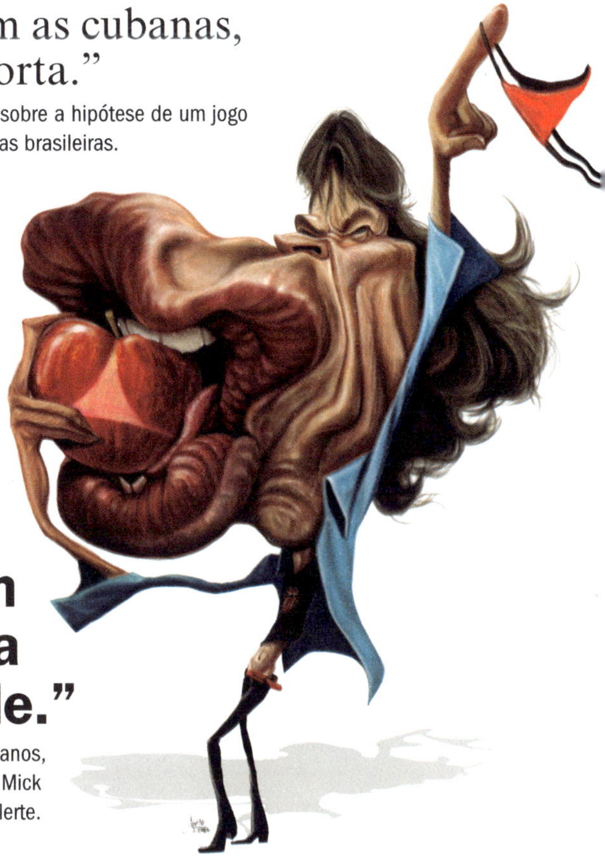

"Ele é magricelo e supervelho. Espero não ficar assim quando tiver a idade dele."

NICOLE KRUK, modelo inglesa, 22 anos, quando perguntada sobre o que achou de Mick Jagger, com quem teve um rápido flerte.

"Ele me enerva e sabe disso. Mas é um monumento. Um monumento de olhos azuis."

BRIGITTE BARDOT, atriz francesa aposentada que estava lançando um livro de memórias, sobre o ex-colega Alain Delon.

"Nunca mais volto a este país cheio de animais."

THOMAS MUSTER, tenista austríaco, reclamando da torcida em jogo pela Copa Davis, em São Paulo.

"Na minha família não tem ninguém frouxo."

EXPEDITA FERREIRA NUNES, filha de Lampião e Maria Bonita, rejeitando a hipótese de que seu pai teria sobrevivido durante muitos anos escondido sob identidade falsa.

"Vamos rezar por aqueles que vieram comprar uma coisinha e acabaram comprando o céu."

PADRE LAZINHO, em culto ecumênico antes da reabertura do Osasco Plaza, o *shopping center* onde uma explosão de gás matara 42 pessoas.

"Um viva aos fundamentalistas do Afeganistão, que não só proíbem as mulheres de trabalhar como continuam pagando seus salários."

DANUZA LEÃO, colunista social.

"Um país não civilizado que não tem sequer uma comida decente."

MADONNA, sobre a Argentina, onde filmou *Evita*.

"A Patrícia Pillar é o sonho da minha vida. Queria tê-la fechada num armário, lá em casa, para poder admirá-la sempre."

DARCY RIBEIRO, senador, antropólogo e escritor.

"Quando morrer, quero ser velada de bruços, para as pessoas me reconhecerem."

RITA CADILLAC, ex-chacrete.

"Eu não suporto a axé music, acho um cão. Mas a Daniela tem talento."

MARIA BETHÂNIA, cantora, sobre a colega Daniela Mercury.

"Uma moça muito bonita. Pena que é alta demais para mim."

OSCAR NIEMEYER, arquiteto, 88 anos, depois de ser apresentado a Xuxa.

"A vida é imprevisível... Arafat e Netanyahu estão se encontrando, então nunca se sabe."

WOODY ALLEN, diretor de cinema, sobre a possibilidade de refazer a amizade com a ex-mulher Mia Farrow depois da escandalosa separação.

"No Brasil, você é o que é. Pode ir à praia de biquíni mesmo que seu corpo esteja dizendo não."

AMY IRVING, atriz americana casada com o diretor brasileiro Bruno Barreto.

1997

Privatização, corrupção e reeleição

Beneficiado pelo adesismo da base parlamentar, FHC parte para o segundo mandato, enquanto a oposição grita

"O poder contamina as melhores biografias."

CANDIDO MENDES, acadêmico, sobre a luta de FHC pela reeleição.

"A resistência a meu nome é minha mesmo."

LUIZ INÁCIO LULA DA SILVA, líder do PT, disfarçando a candidatura presidencial por uma frente de esquerda.

"Junto com a voz rouca das ruas, os deputados estão ouvindo os murmúrios dos cargos."

Deputado **MOREIRA FRANCO** (PMDB-RJ).

"Não há barganha em Brasília para aprovar a reeleição."

Deputado **LUÍS EDUARDO MAGALHÃES** (PFL-BA), presidente da Câmara, favorável à reeleição de Fernando Henrique Cardoso.

"Sou a favor da reeleição, mas já me arrependi. Estaria valendo mais se continuasse contra."

Deputado **SÍLVIO PESSOA** (PMDB-PE), enciumado com os paparicos aos opositores da reeleição.

"O Banco Central nunca sabe por que está batendo nos bancos, mas, com certeza, os bancos sabem por que estão apanhando."

GUSTAVO LOYOLA, presidente do Banco Central.

"Que serviu de cortina de fumaça para alguma coisa não tenho dúvida. Mas não estou nominando A, B ou C, nem F nem H nem C."

FERNANDO COLLOR, ex-presidente, insinuando que não seria ele a usar Miami como refúgio, ao desmentir que estaria construindo uma casa lá.

"O primeiro ano de governo foi do frango, o segundo do iogurte. Acho que 1997 tem de ser o ano do investimento e do emprego."

FERNANDO HENRIQUE CARDOSO, presidente.

"Só quem não tem nada na cabeça é que fica repetindo que o governo é neoliberal. Isso é neobobismo."

FHC, sobre as críticas à política social de seu governo.

"Mercado é onde a parte mais esperta ganha da menos esperta e onde todos são espertos."

GUSTAVO FRANCO, diretor de assuntos internacionais do Banco Central.

"Fernando Henrique gosta muito de paquerar com a esquerda e namorar com a direita."

Deputado **JOSÉ GENOÍNO** (PT-SP).

"Quem, senão eu?"

FHC, pensando na reeleição.

"Eu sou cartesiano, mas tenho uma pitada de candomblé."

FHC, em autoanálise.

"Eu já fui imbatível e perdi."

LUIZ INÁCIO LULA DA SILVA, sobre as perspectivas eleitorais de FHC.

"Com lobista, eu já disse, só falo à luz do dia, no horário comercial."

O ministro das Comunicações, **SERGIO MOTTA**, irritado com a aproximação de um lobista da área de telecomunicações, num coquetel em Brasília.

"Preciso chamar esse pessoal para dar uma assessoria lá no ministério."

ANTONIO KANDIR, ministro do Planejamento, sobre a organização do desfile das escolas de samba do Rio de Janeiro.

"Não se fala tanto em parceria com a iniciativa privada?"

JOSÉ MACHADO, assessor de imprensa do deputado Cunha Bueno (PPB-SP), sobre a viagem de parlamentares à Europa custeada por empresas de seguro.

"Estou uma *lady*, não mexo com ninguém."

SERGIO MOTTA, sobre seu comportamento na batalha pela reeleição.

"Eu e o Inocêncio formamos uma aliança do mal. Não fica nada na frente."

SERGIO MOTTA, sobre a ação conjunta com o deputado Inocêncio Oliveira, líder do PFL.

"Ele passa o trator e eu passo a patrola."

INOCÊNCIO OLIVEIRA, completando o raciocínio de Motta. Patrola é um regionalismo para niveladora.

"Agora, sou um adepto do pragmatismo cínico."

Deputado **DELFIM NETTO** (PPB-SP), sobre o adesismo de seu partido.

"Esse Michel é um banana."

LUIZ INÁCIO LULA DA SILVA, sobre o novo presidente da Câmara, Michel Temer.

"Não somos um país essencialmente corrupto. Somos mal auditados."

STEPHEN KANITZ, especialista em balanços de empresas.

"Todo mundo sabe qual é o meu sonho. Não sou candidato a nada, mas sou candidato a tudo."

PAULO MALUF, candidato a tudo.

"Eu me senti como se estivesse em casa."

Senador **EDUARDO SUPLICY** (PT-SP), sobre seu pernoite num barraco no acampamento dos sem-terra, no Pontal do Paranapanema.

"Isso é tertúlia bovina para boi dormitar."

MARCO MACIEL, sobre a proposta de incluir o parlamentarismo no projeto de reforma política.

"MST é um movimento numericamente pequeno. Está trazendo 1 500 pessoas para Brasília. O Rotary e o Lions têm muito mais gente."

Ministro **RAUL JUNGMANN**, da Reforma Agrária.

"Descobri que ser homem público dá problema. Agora também quero me privatizar."

ELIEZER BATISTA, o "pai" da Vale do Rio Doce, contrário ao modelo proposto pelo governo para a privatização da companhia.

"Gostaria de saber o que o Antonio Ermírio tem que eu não tenho."

CIRO GOMES, aspirante a candidato a presidente da República pelo PPS.

"Essa menina, na verdade, caiu para a prostituição."

JOÃO PEDRO STEDILE, líder nacional do MST, sobre Débora Rodrigues, a sem-terra que posou nua e foi expurgada do movimento.

"Se o líder sem-terra João Pedro Stedile não gosta de mulher pelada, ninguém tem nada com isso! O cara é gaúcho, caramba!"

TUTTY VASQUES, humorista.

"Sergio Motta é visto um pouco como o PC do Fernando Henrique. É influente, gordo, envolvido em denúncias de corrupção."

CESAR MAIA, candidato a governador do Rio pelo PFL.

"Ninguém mais carrega eletrodomésticos. Com o Plano Real, ficou muito fácil ter bens como esses. Eu levo apenas dólares e relógios."

ROGÉRIO SOARES, dançarino que colocava sedativo na bebida de homossexuais e depois os roubava.

"Precisa manter a Vale por quê? Para dar dinheiro a alguns municípios? Para a CNBB e dom Luciano receberem a sua graninha?"

SERGIO MOTTA, ministro das Comunicações. Dom Luciano Mendes de Almeida era arcebispo de Mariana, cidade histórica que recebe verbas da Vale do Rio Doce para a preservação do patrimônio.

"Como a monarquia ainda não está oficialmente reimplantada, a gente não sabe se o ministro Sergio Motta só está treinando ou já assumiu o papel de bobo da corte."

DOM DEMÉTRIO VALENTINI, responsável pela Pastoral Social da CNBB, em resposta.

"Não há nada que impeça um parente de participar da licitação. Só a ética."

NAOR GUELFI, secretário municipal de Abastecimento de São Paulo, sobre contrato com a empresa A d'Oro, do cunhado do ex-prefeito Paulo Maluf e da qual Nicéa Pitta, mulher do prefeito Celso Pitta, era vendedora.

"A senhora é um dinossauro."

Deputado **ROBERTO CAMPOS** (PPB-RJ), para a colega Maria da Conceição Tavares (PT-RJ), em discussão sobre a emenda do petróleo.

"Al Capone não seria preso no Brasil hoje."

Procurador da República **MARIO BONSAGLIA**, a respeito da legislação de combate à sonegação fiscal.

"Garanto que nenhuma autoridade das Forças Armadas teve culpa no Riocentro. Foi coisa de patente baixa."

General da reserva **NEWTON CRUZ**, ex-chefe da Agência Central do SNI, contestando suspeitas do falecido presidente Ernesto Geisel sobre o envolvimento do coronel José Barros Paes no atentado terrorista frustrado.

"Mário Covas ressuscitou o sarampo, a tuberculose e a caxumba."

PAULO MALUF, ex-prefeito de São Paulo, sobre o governador do estado.

"O Maluf está se tornando um grande agricultor. É o maior fazedor de laranjas que eu já vi."

Governador **MÁRIO COVAS**, respondendo a ataques de Paulo Maluf ao seu governo.

"Banqueiro e dinheiro são os dois bichos mais selvagens que eu conheço. Escutam uma ameaça ou um barulho e fogem."

NAJI NAHAS, ex-grande investidor na bolsa, condenado a 24 anos de prisão.

"Agora sou como vocês: me tornei um sem-banco."

Senador **JOSÉ EDUARDO ANDRADE VIEIRA**, ex-dono do Bamerindus, a passageiros surpresos com sua presença num voo de carreira.

"Fernando Henrique tem um lema: todos no meu palanque e eu no palanque de ninguém."

Deputado **DELFIM NETTO** (PPB-SP).

"Lá vou eu de novo."

MARDONES FLORES, servidor público sem estabilidade que foi demitido duas vezes em seguida a planos econômicos.

"Quem comprou comprou; quem não comprou não comprará mais."

FRANCISCO DE ASSIS, diretor de um banco privado, sobre a alta dos juros.

"Antes, o Brasil era um desastre econômico. Hoje voltou ao mundo normal."

THOMAS SKIDMORE, brasilianista.

"É mais fácil o Corcovado voar do que o câmbio ser mudado."

FRANCISCO DORNELLES, ministro da Indústria, do Comércio e do Turismo.

"Explodimos com o prostíbulo. Acabou-se a farra."

Senador **ESPERIDIÃO AMIN** (PPB-SC), sobre as investigações da CPI dos precatórios.

"Chegou a vez dos com-terra."

ROOSEVELT ROQUE DOS SANTOS, presidente da União Democrática Ruralista, a respeito da mobilização dos grandes fazendeiros contra o MST.

"Faço parte do grupo dos sem-ter-o-que-fazer e também dos sem-ter-vergonha-de-te-dizer-isso."

O office-boy **CLEBER MOTA**, durante passeata contra o governo, em São Paulo.

"Não o subestimem. Ele tem quase todos os defeitos indispensáveis para ser eleito presidente."

Deputado **DELFIM NETTO** (PPB-SP), sobre o senador paranaense Roberto Requião.

"Partido que não tem candidatura própria é igual a time de futebol que não disputa campeonato. Perde a torcida."

ALCEU COLLARES, ex-governador do Rio Grande do Sul pelo PDT, rechaçando coligação com o PT nas eleições nacionais e estaduais.

"A coisa está ficando preta."

A senadora **BENEDITA DA SILVA**, comemorando o predomínio negro na liderança petista carioca.

"O Brasil agora tem um futuro próprio. Não nego que poderá haver algum problema, mas o gênio brasileiro é conhecido por conseguir sobreviver aos problemas."

JOHN KENNETH GALBRAITH, economista americano.

"Meu Deus, globalizaram o menino."

SEPÚLVEDA PERTENCE, ministro do Supremo Tribunal Federal, ao ouvir o agradecimento em inglês de um menino a quem deu esmola, em Salvador.

"Como já disse dom Pedro Casaldáliga, Fernando Henrique era melhor quando era ateu."

DOM MOACYR GRECHI, bispo de Rio Branco, criticando as intervenções do presidente em assuntos da Igreja no encontro com o papa.

A Próxima Vítima

"Tem sido uma festa longa e inesquecível."

MORIHISA AOKI, embaixador do Japão em Lima e anfitrião da festa invadida por guerrilheiros, que ocuparam sua mansão.

"Todo político em busca da reeleição é um animal perigoso."

JULIO MARÍA SANGUINETTI, presidente do Uruguai.

"A televisão tem um lado bom e um ruim. O bom: torna a ditadura impossível. O ruim é que torna a democracia insuportável."

SHIMON PERES, ex-primeiro-ministro israelense.

"Ainda tenho quatro balas no corpo. Louvado seja Deus, pois são um sinal de honra."

UDAY HUSSEIN, filho do ditador iraquiano Saddam Hussein, sobre o atentado que sofreu.

"É uma pena que eu não possa disputar um terceiro mandato. Vou entrar num convento e me candidatar à sucessão do papa João Paulo II."

CARLOS MENEM, presidente da Argentina, em jantar com seletos convidados brasileiros.

"Se permitirmos que as forças de mercado continuem a avançar, será o fim da civilização na Europa ocidental."

LIONEL JOSPIN, primeiro-ministro francês, no Congresso dos Socialistas Europeus.

"Esse crime é uma vergonha para todos nós e nos afeta a todos como membros de uma só família."

REI HUSSEIN, da Jordânia, ao visitar e pedir perdão aos pais das sete meninas israelenses fuziladas por um soldado jordaniano.

"Esse papa polaco levou a Igreja a interessar-se muito mais pelo poder temporal do que o espiritual."

UMBERTO BOSSI, líder da Liga Norte, organização separatista italiana, criticando João Paulo II.

"Infelizmente, a História está cheia de visões de novas eras que provam ser miragens."

ALAN GREENSPAN, presidente do Federal Reserve Bank, o banco central americano, em crítica à euforia no mercado de ações, que derrubou as bolsas em todo o mundo.

"É um anão que pensa ser gigante."

L'OSSERVATORE ROMANO, jornal publicado pela Santa Sé, respondendo a Bossi.

"Talvez, se a União Soviética jogasse suas bombas e matasse todos os chineses com mais de 30 anos, isso resolvesse o problema."

Revelação de conversa de **MAO TSÉ-TUNG** com o então secretário de Estado Henry Kissinger, reconhecendo implicitamente o fracasso.

"O verdadeiro problema não é saber se haverá ou não fome, mas quantas pessoas morrerão por causa disso."

CATHERINE BERTINI, diretora do Programa Mundial de Alimentos, organização sediada em Roma, referindo-se à crise na Coreia do Norte.

"Se tivermos como matar Saddam, devemos fazê-lo."

GEORGE STEPHANOPOULOS, ex-assessor do presidente Bill Clinton, propondo uma ação oficial dos Estados Unidos para assassinar o ditador iraquiano Saddam Hussein.

"Por acaso você me vê como um selvagem? A minha consciência está tranquila."

POL POT, o líder comunista cambojano que chefiou o regime responsável por mais de 1 milhão de mortes.

"Ele era um menino muito educado, nunca criou problemas."

SALOTH SENG, sobre seu irmão Pol Pot, o líder do Khmer Vermelho.

"Não podemos provar a existência de óvnis."

KENNETH BACON, porta-voz do Pentágono, resumindo o resultado de 22 anos de estudos feitos pelo Departamento de Defesa dos EUA sobre 12 618 casos de supostos discos voadores.

"É um engano em termos do sexo, da força de vontade, da capacidade de raciocínio e da determinação."

MARGARET THATCHER, ex-primeira-ministra da Inglaterra, sobre a hipótese de que o líder trabalhista Tony Blair poderia ser seu herdeiro político.

"Tenho três coisas que quero dizer hoje: a primeira é que estou tendo um pequeno lapso de memória e as outras duas eu não consigo lembrar."

RONALD REAGAN, quando era presidente dos Estados Unidos, segundo Lawrence Mohr, médico da Casa Branca.

Drama e Comédia

"Você, eu não sei, mas eu já estou me sentindo um disco de vinil."

LUIS FERNANDO VERISSIMO, escritor, sobre a obsolescência masculina em face da experiência da clonagem.

"Vi que era um pedaço de carne. Senti um certo mal-estar, mas enrolei o pedaço em um papel e o entreguei a um *sparring* de Holyfield."

MITCH LIBONATI, encarregado da limpeza do ringue onde Mike Tyson tirou um pedaço da orelha de Evander Holyfield.

"Meu filho, eu só comecei a fazer isso com 42 anos. É uma maravilha."

LINDAURA SILVEIRA, 72 anos, viúva de Noel Rosa, flagrada tomando um chope e fumando.

"Usar a técnica atual com humanos seria bastante desumano."

IAN WILMUT, o cientista escocês que clonou a ovelha Dolly.

"Vocês vão ter de me engolir."

O técnico **ZAGALLO**, falando aos seus críticos, depois da final da Copa América, vencida pela seleção brasileira.

"Tenho uma relação saudável com o dinheiro: gasto tudo o que ganho."

EDSON CELULARI, ator.

"Lourdes lerá a Bíblia, mas vou explicar que são histórias criadas pelos homens para ensinar as pessoas."

MADONNA, cantora americana, sobre a educação religiosa que pretende dar à filha.

"Aliás, o celular faz mal para a masculinidade: é cada vez menor, anda sempre dobrado, cai a ligação várias vezes e não funciona quando entra no túnel."

Deputado **ROBERTO CAMPOS** (PPB-RJ), em aula inaugural numa faculdade de economia.

"Cauby era um garanhão. Vocês é que não sabem."

CAUBY PEIXOTO, cantor.

"Não sou um ateu total. Todos os dias tento encontrar um sinal de Deus, mas infelizmente não encontro."

JOSÉ SARAMAGO, escritor português.

"Estou com pilha nova."

Escritor **JORGE AMADO**, depois de sofrer cirurgia para implantação de um marcapasso.

"A velhice é uma porcaria."

JORGE AMADO, escritor, às vésperas de completar 85 anos.

"Estou contente por ter melhorado. Realmente cheguei a pensar que logo iria ver Elvis."

BOB DYLAN, cantor e compositor americano, ao receber alta do hospital onde foi internado com uma grave inflamação da membrana cardíaca.

"Não faço ideia do que ela está falando. Eu não lembro de marca nenhuma."

GENNIFER FLOWERS, ex-amante de Bill Clinton, falando de um suposto "sinal característico" nos genitais do presidente americano, mencionado por Paula Jones como prova de que foi assediada sexualmente por ele.

"Bill Clinton tem órgãos genitais perfeitamente normais em termos de tamanho, formato e direção."

ROBERT BENNETT, advogado do presidente americano, no caso em que Paula Jones o acusava de assédio sexual.

"Dava para não contar?"

DANUZA LEÃO, colunista social, que depois de pedir mil desculpas contou: durante viagem a Londres, Ruth Cardoso comprou cuecas Calvin Klein enquanto o marido fazia uma palestra.

"O Pelé assume as loirinhas, mas não as neguinhas da família."

LÚCIA CARVALHO, presidente da Câmara Legislativa de Brasília, que votou contra a concessão de título de cidadão honorário a Pelé por ele não ter reconhecido a filha Sandra Regina.

"O sexo mais seguro é não fazer sexo."

MAGIC JOHNSON, astro do basquete americano, portador do vírus da Aids.

"Acho que me sinto um pouco Evita."

A apresentadora **XUXA**, comentando seu sucesso com os argentinos.

"Implicaram comigo porque sou gorda."

EILENE KADDEN, estilista americana expulsa da loja Harrod's, em Londres, sob alegação de estar vestida de maneira imprópria.

"Sempre gostei de correr atrás das mulheres, mas o mal de Parkinson acabou com isso."

MOHAMMED ALI, o legendário boxeador americano.

"O problema foi mesmo meu adversário."

GUSTAVO KUERTEN, tenista, explicando a derrota para o sueco Jonas Bjorkman e a consequente eliminação do Torneio Aberto dos Estados Unidos.

"Não quero comprar nada, e tudo o que tinha antes do campeonato já está bom."

KUERTEN, sobre o que vai fazer com os 625 000 dólares de Roland Garros.

"Foi bom, eu ia ser um rico muito medíocre."

TOM ZÉ, músico, ao lembrar que investiu na bolsa e perdeu todo o dinheiro ganho em um processo judicial.

"Bebi demais e não percebi o que fazia."

GERD REINKE, trompista da Ópera de Berlim expulso da companhia por ter assinado "Adolf Hitler" na conta do hotel, durante turnê em Israel.

"Ele é o equivalente robótico de Neil Armstrong."

O cientista **HENRY MOORE**, da Nasa, comparando o robô Sojourner, que explora Marte, ao primeiro homem a pisar na Lua.

"Vou embora para Manhattan. Não volto mais. Como disse o Figueiredo, me esqueçam."

CHICO ANYSIO, humorista, em reação ao processo por racismo movido contra ele, pelo quadro Café Bola Branca de seu programa na Rede Globo.

"Ele só faz músicas para louras mortas."

KEITH RICHARDS, guitarrista do Rolling Stones, sobre o cantor e compositor Elton John, que compôs uma música em homenagem à princesa Diana.

"Muitos ficam frustrados porque na maioria das vezes não foram Cleópatra nem Napoleão."

BRIAN WEISS, psiquiatra americano, especialista em terapia de vidas passadas.

"Sou muito gorda para ir ao Brasil."

DONNA KARAN, empresária e estilista de moda americana.

"Ninguém desliga essa moça da tomada?"

ANTONIO SKARMETA, escritor chileno, depois de assistir a um show da cantora Elba Ramalho.

"Quem fica em casa no domingo está sem dinheiro, doente ou brigado com alguém."

FAUSTO SILVA, apresentador, falando da audiência de seu programa.

"Muito obrigado ao líder do senado romeno pela gentil oferta de um poncho."

Nota assinada pelo presidente **BILL CLINTON** por receber uma bandeira da Romênia com um buraco no meio, de onde retiraram o símbolo comunista.

"Vivo feliz na Suíça. Sou muito bem casada. Durmo e acordo ao lado do meu marido."

ROBERTA CLOSE, transexual, em visita ao Brasil.

1998

Dossiês, crise e Monica Lewinsky

A oposição fala em contas no exterior, a crise econômica mundial avança e Clinton fuma charutos

"Os catastrofistas devem pôr as barbas de molho — 98 será melhor que 97."

FERNANDO HENRIQUE CARDOSO, presidente da República.

"O cargo de presidente é espinhoso. Ele tem de passar por coisas desagradáveis, como, por exemplo, se obrigar a receber o Maluf."

MÁRIO COVAS, governador de São Paulo.

"Temos que fazer os italianos na marra, que estão com o Opportunity. Combina uma reunião para fechar o esquema. Vamos fechar daquele jeito que só nós sabemos fazer."

LUIZ CARLOS MENDONÇA DE BARROS, ministro das Comunicações, em telefonema ao presidente do BNDES, André Lara Resende, referindo-se ao consórcio do banco Opportunity com a Telecom Italia no leilão das teles.

"Estamos no limite da nossa irresponsabilidade."

RICARDO SÉRGIO DE OLIVEIRA, então diretor do Banco do Brasil, sobre a concessão de fiança no leilão das teles, em conversa grampeada com Mendonça de Barros.

"Eu lhe digo do fundo do coração. Eu, se fosse Vossa Excelência, renunciava."

PEDRO SIMON, senador (PMDB-RS), a Mendonça de Barros, no Senado.

"Eu falsifico mesmo."

SÉRGIO NAYA, deputado federal, posteriormente cassado, revelando como fraudava licitações públicas, em vídeo exibido na TV.

"Ao ver bandeirinhas do Partido Verde tremulando, gente gritando *slogan*, persegue-me num canto da mente a frase de minha filha: 'Que mico, papai'."

FERNANDO GABEIRA, deputado federal pelo PV-RJ.

"Eu gosto que me carreguem, eu gosto de ver o povo gritando meu nome, eu gosto é do poder."

ANTONIO CARLOS MAGALHÃES, presidente do Senado.

"O Robocop voltou."

SERGIO MOTTA, ministro das Comunicações, três semanas antes de sua morte.

"É a primeira vez que o FMI vem ao Brasil e embarca de volta sem ter tido a necessidade de puxar a orelha de ninguém."

STANLEY FISCHER, diretor adjunto do FMI, depois da visita ao Brasil.

"Os moradores do Cingapura ficam contentes porque se sentem em Genève."

PAULO MALUF, candidato derrotado do PPB ao governo de São Paulo, sobre o seu projeto de moradia para favelados.

"Posso dizer que sou um poliglota."

ZECA DO PT, governador eleito de Mato Grosso do Sul, que fala o tupi-guarani.

"Fiz a reforma da Previdência para que aqueles que se locupletam da Previdência não se locupletem mais, não se aposentem com menos de 50 anos, não sejam vagabundos em um país de pobres e miseráveis."

FERNANDO HENRIQUE CARDOSO, defendendo a reforma da Previdência.

"Pode ser 'c' de cebola."

MÁRIO COVAS, governador de São Paulo, negando que o "c" da empresa CH, J & T, citada no dossiê, se referisse à inicial do seu sobrenome.

"FHC já bateu nos aposentados e nas mulheres. As crianças que se cuidem!"

WALTER PINHEIRO, deputado federal (PT-BA).

"São farsantes, falsários e pessoas que o Brasil custou a expulsar da vida pública."

FHC, referindo-se aos responsáveis pelo dossiê que lhe atribuiu a sociedade de uma empresa nas Ilhas Cayman.

"O pau comia mesmo. Quem falar que não havia tortura é um idiota."

MARCELO PAIXÃO DE ARAÚJO, ex-tenente do Exército, confessando em entrevista a VEJA como torturou cerca de trinta presos nos porões da ditadura.

"Nem a prostituição tem retorno maior que a taxa de juros atual."

STEFAN SALEJ, presidente da Federação das Indústrias de Minas Gerais.

"Por que meu filho, e não eu?"

ANTONIO CARLOS MAGALHÃES, senador (PFL-BA), sobre a morte do deputado Luís Eduardo Magalhães.

Pecado Capital

"Os fuzilamentos ordenados por meu pai foram justos porque não executaram pessoas, e sim animais."

AUGUSTO PINOCHET HIRIART, filho do ex-ditador chileno.

"O que fizemos de errado?"

MICHEL CAMDESSUS, diretor do FMI, sobre a crise financeira mundial.

"Não é à toa que os grandes empresários dizem que negociar com Bill Gates é como ter um encontro com Mike Tyson: há sérios riscos de sofrer um estupro."

WENDY GOLDMAN ROHM, jornalista especializada em informática, no livro *The Microsoft File*.

"Não creio que vocês possam desafiar as regras da economia global mais do que eu poderia desafiar a lei da gravidade."

BILL CLINTON, presidente americano, em palestra na Rússia.

"A detenção de Pinochet é moralmente justa, legalmente questionável e politicamente poderia criar muitos problemas dentro do Chile."

FIDEL CASTRO, presidente cubano, sobre a detenção de Augusto Pinochet na Inglaterra.

"Se não houvesse mentira, não haveria sexo."

JERRY SEINFELD, comediante americano, sobre o escândalo Clinton-Monica Lewinsky.

"O último boato é que Monica Lewinsky teve uma relação imprópria com um charuto de Clinton."

JAY LENO, humorista americano.

"Talvez terminem por dizer: perdoamos tudo, mas não o fato de ela estar de joelhos debaixo da mesa durante um telefonema. O trabalho é sagrado."

DARIO FO, dramaturgo italiano, sobre o caso Lewinsky.

"Que gosto bom."

BILL CLINTON, ao pôr na boca o charuto que antes passou pelo corpo de Monica.

"Posso me esconder debaixo da mesa?"

MONICA LEWINSKY, ao júri de instrução, ao ser perguntada se tentou consumar uma relação com penetração com Clinton.

"Querida, você não vai acreditar no que os jornais estão dizendo."

BILL CLINTON, segundo Hillary Clinton, que diz só ter sabido do caso com Monica Lewinsky quando o presidente a acordou com um jornal debaixo do braço.

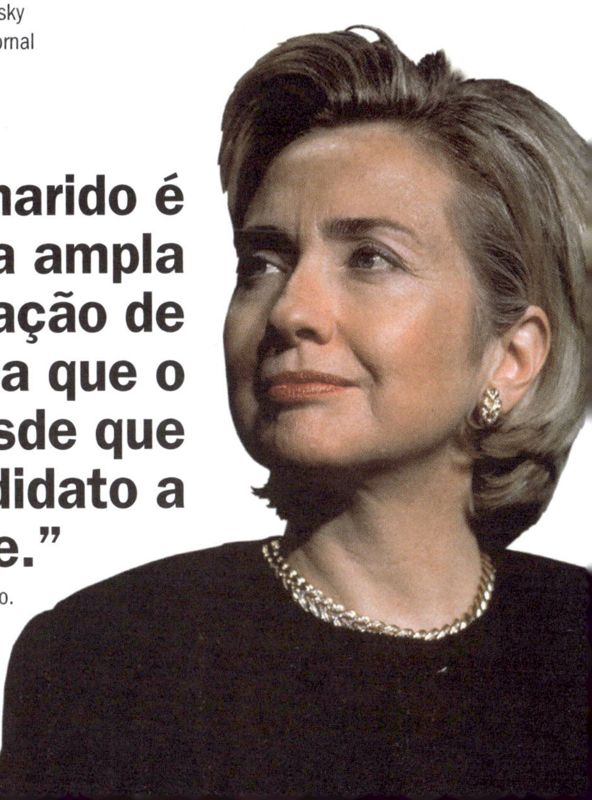

"Meu marido é vítima de uma ampla conspiração de extrema direita que o persegue desde que se lançou candidato a presidente."

HILLARY CLINTON, defendendo o marido.

“Eu seria uma espécie de secretária assistente do presidente para o sexo oral.”

MONICA LEWINSKY, em conversa telefônica com a amiga Linda Tripp, gravada e entregue ao promotor Kenneth Starr.

“Bom, eu queria... eu tentei... eu coloquei os genitais dele perto dos meus.”

MONICA LEWINSKY, respondendo à pergunta sobre penetração.

“Isso depende do significado da palavra ‘é’. Se ‘é’ significa ‘é’, e nunca foi, isso é uma coisa. Se isso significa ‘nunca houve’, o depoimento foi absolutamente verdadeiro.”

CLINTON, enrolando-se para justificar na Justiça os contraditórios depoimentos negando ter feito sexo com Monica.

“Este é um trabalho asqueroso, que alguém tem de fazer.”

HENRY HYDE, presidente da Comissão de Justiça da Câmara dos Estados Unidos, sobre o processo de impeachment de Bill Clinton por ter mentido no caso Monica Lewinsky.

"Bill Clinton age como um caipira deslumbrado com a cidade grande. Ele fica perseguindo umas mulherzinhas que em Washington os políticos com um mínimo de compostura ignoram."

NORMAN MAILER, escritor americano.

"Só costumo lavar uma roupa usada quando pretendo usá-la de novo."

MONICA LEWINSKY, explicando por que guardou o vestido manchado com sêmen do presidente.

"Eu pensava que ele tinha uma alma bonita. Eu o achava incrível. Olhava para ele e via um garotinho. Ele sempre me fazia sorrir quando estava do meu lado. Ele era um raio de sol."

MONICA LEWINSKY, ao júri de instrução, sobre Clinton.

"Por que eles têm de tirar você de mim?"

CLINTON, ao saber que a estagiária seria transferida da Casa Branca para o Pentágono.

"Eu tive um relacionamento com a senhorita Lewinsky que não foi apropriado."

CLINTON, admitindo na televisão o caso com Monica.

Rir É o Melhor Remédio

"Pensei que você ia me dizer que vinha visitar o filho da Xuxa. Aliás, eu não tive nada com isso."

FERNANDO HENRIQUE CARDOSO, presidente, para o colega argentino Carlos Menem, que ligou para saudá-lo pela privatização da Telebrás.

"Nem eu!"

CARLOS MENEM, respondendo a FHC.

"Eu acho que a monogamia é uma violência, é antinatureza. Você vê muito raramente na natureza a monogamia."

CIRO GOMES, candidato derrotado do PPS à Presidência, em entrevista à revista *Marie Claire*.

"Deus é negro."

GÍLIO FELÍCIO, bispo auxiliar de Salvador.

"Oposição é como cachimbo. Nasceu pra levar fumo."

DEPUTADO JOSÉ LOURENÇO, do PFL-BA.

"Quando se constrói a bomba atômica o que se está dizendo é: eu sou adulto, eu deixei de ser criança."

ENÉAS, candidato derrotado do Prona à Presidência, defendendo a produção da bomba brasileira.

"A bomba atômica é o Viagra dos energúmenos."

ALFREDO SIRKIS, candidato derrotado do PV à Presidência da República.

"Minha vida deu uma guinada de 360 graus."

ADRIANE GALISTEU, modelo, sobre seu noivado com o publicitário Roberto Justus.

"Não há como me esconder desse conde Drácula."

JOHN GLENN, senador e astronauta americano de 77 anos, referindo-se ao médico da missão espacial, que de tempos em tempos tirava mostras de seu sangue para exame.

"Fui criado mamando vodca!"

MIKHAIL BARYSHNIKOV, bailarino russo, em Salvador, respondendo aos que o alertavam para moderar na caipirinha.

"Eu tenho linha direta com Deus."

FRANCISCO ROSSI, do PDT, antes de ser derrotado nas eleições para o governo de São Paulo.

"Não gosto de ser mandado."

CHICO ANYSIO, humorista, sobre o fim de seu casamento com a ex-ministra Zélia Cardoso de Mello.

"Jesus não agradou a todos. Não é eu que vou agradar."

CARLA PEREZ, dançarina, em entrevista na televisão.

"A gente estamos trabalhando numa proposta."

MARIA CRISTINA DE MORAIS, professora, presidente da Andes, sobre a greve nas universidades.

"Recomendamos que as crianças ensinem seus pais a usar os micros."

NICHOLAS NEGROPONTE, escritor americano, autor de *A vida digital*.

1999

Crise, Itamar e segundo mandato

Risco de quebra, o real sob risco e, se não bastasse, Itamar Franco pinta e borda

"A economia brasileira desmoraliza qualquer economista."

EDUARDO EUGÊNIO GOUVÊA VIEIRA, presidente da Federação das Indústrias do Rio de Janeiro, suspendendo uma campanha contra a inflação que vinha preparando.

"Uma recessão profunda está em andamento e a hiperinflação pode estar logo ali na esquina."

Da revista americana **BUSINESS WEEK**, errando sobre a crise brasileira.

"FHC atualmente não está nem ao centro, nem à direita, nem à esquerda. Está em declínio."

ALAIN TOURAINE, sociólogo francês e amigo do presidente.

"Como diria um dos meus gurus preferidos, o Brasil é a amante que mais amei, mas a que mais me enganou."

ROBERTO CAMPOS, despedindo-se de dezesseis anos de vida parlamentar em meio a mais uma crise nacional.

"Calote é péssimo. Se essa história pega, o Brasil vai para o beleléu."

JARBAS VASCONCELOS, governador de Pernambuco, um dia antes de o país quase chegar lá.

"A alternativa é sair do mundo, dobrar à direita e ir para a África."

FRANCISCO GROS, ex-presidente do Banco Central, sobre a inevitabilidade do ajuste econômico brasileiro.

"Se quebrarem o meu sigilo, o máximo que vão conseguir é um divórcio."

ARTHUR VIRGÍLIO, líder do governo no Congresso, defendendo a lisura de comportamento dos tucanos.

"Não se deve tomar formicida para saber se mata."

PAULO DELGADO, deputado federal (PT-MG), afirmando que a oposição não deve apostar no quanto pior, melhor.

"Se tem alguém querendo derrotar FHC agora, está errado, porque a eleição já passou. Derrotá-lo significa derrotar o Brasil."

JORGE VIANA, governador do Acre (PT).

"Depois falam que eu sou revolucionário."

HORÁCIO LAFER PIVA, presidente da Federação das Indústrias do Estado de São Paulo, classificando a moratória de Itamar Franco de "bravata".

"Eu não entendo de imposto. Pago, com mau gosto, como todo mundo."

FERNANDO HENRIQUE CARDOSO, presidente, durante encontro do PSDB.

"Preciso votar com o governo para que o ministro Malan, que está sequestrado pelo FMI, possa voltar ao Brasil."

Deputado **DELFIM NETTO** (PPB-SP), ironizando seu apoio ao projeto de lei dos inativos.

"Por quê? Porque eles falaram mal de mim num jantar? Eu também falo mal de todo mundo."

FHC, dizendo por que não pensava em demitir pessoas indicadas pelo PMDB, que patrocinava a CPI do Sistema Financeiro.

"O Itamar é do tipo que entra em túnel na contramão e diz que quem bate são os outros."

LUIZ CARLOS SANTOS, presidente de Furnas, sobre o governador mineiro, Itamar Franco.

"A maior dor para mim foi perder aquilo de que eu mais gostava na minha vida, que é o banco."

SALVATORE CACCIOLA, do Banco Marka, em depoimento na CPI do Sistema Financeiro.

"Que ele rasga dinheiro eu já sei. Mas para intervir em Minas é preciso mais loucura do que isso."

ITAMAR FRANCO, governador mineiro, referindo-se ao presidente Fernando Henrique Cardoso, sobre a hipótese de uma intervenção federal em seu estado.

"A possibilidade de eu ser corrupto é zero."

LUIZ ESTEVÃO, senador, indicado pelo PMDB para uma relatoria do Plano Plurianual (PPA).

"O presidente Fernando Henrique é imperador, falsário e vendilhão da pátria."

LUIZ INÁCIO LULA DA SILVA, presidente de honra do PT, no comício das oposições no dia de Tiradentes, em Ouro Preto.

"Intimidade demais, como diria Jânio Quadros, gera problemas ou filhos."

ANTONIO CARLOS MAGALHÃES, presidente do Senado, trocando de voo e de hotel em Lisboa para não cruzar com o presidente da Câmara, Michel Temer.

"Ciro Gomes é o novo Collor. O que ele deveria explicar é de onde tira dinheiro para viver."

ACM, sobre o candidato do PPS à Presidência na última eleição.

"Ciro Gomes é o próprio galinheiro. Ele é a galinha inservível da política nacional."

IDEM, batendo na mesma tecla.

"Vocês avisaram o inimigo?"

JOÃO HERRMANN, deputado federal (PPS-SP), ao saber que o quartel de fronteira do Exército, em Brasileia, no Acre, só abria depois das 14 horas.

"Talvez eu tenha sido o único babaca lá que não ganhou."

LUIZ CARLOS MENDONÇA DE BARROS, ex-ministro das Comunicações, contando que depositou seu dinheiro no Banco Safra e teve prejuízo com a desvalorização cambial.

"Sou um sujeito rico e, com os juros promovidos pelo Pedro Malan, minhas rendas aumentaram."

IDEM, fazendo humor.

"Itamar Franco é um homem turbulento. Em dois anos e meio como presidente, teve seis ministros da Fazenda. Chegou a chamar a atenção publicamente de um deles depois que sua empregada lhe contou que o preço do gás tinha subido."

FINANCIAL TIMES, em artigo sobre a crise brasileira.

"Nomear Fernando Henrique Cardoso (para ministro da Fazenda) provavelmente foi a única decisão digna de nota da Presidência de Itamar Franco."

FINANCIAL TIMES.

"Os investidores querem saber agora quantos Itamares Francos há no Brasil."

EDUARDO CABRERA, economista-chefe da firma de consultoria Merrill Lynch.

"Ele era conhecido como um homem ciclotímico com cabelo desgrenhado e ideias mais desgrenhadas ainda."

THE ECONOMIST, em artigo intitulado "A vingança de Itamar Franco".

"A única coisa de que me arrependo com o presidente Fernando Henrique foi ter empurrado o carro dele."

ITAMAR FRANCO, governador de Minas Gerais, contando que certa vez teve de empurrar o Lada vermelho de FHC, então ministro da Fazenda.

"Não antecipo tragédias. Sempre crio condições para que as coisas não sejam piores."

Do presidente **FERNANDO HENRIQUE CARDOSO.**

"Quem não tem cão caça com gato."

FHC, justificando a indicação de Francisco Lopes à presidência do BC.

"Quando eles batem no governo não é para sair, mas para entrar mais um pouquinho."

MIRO TEIXEIRA, deputado federal (PDT-RJ), sobre as críticas dos aliados ao desempenho do governo.

"Gosto muito de um momento da Bíblia em que Jesus expulsa os vendilhões do templo com uma vara."

LEONEL BRIZOLA, ex-governador do Rio, conversando com a vice, a evangélica Benedita da Silva.

"Eu não podia deixar de prestigiar o maior homem da história de Santa Catarina: a Anita Garibaldi."

ESPERIDIÃO AMIN, governador de Santa Catarina, no lançamento do livro sobre a vida de Anita Garibaldi, do jornalista Paulo Markun.

"Itamar Franco pode parecer tolo, pode falar como um tolo, agir como tolo, mas é bom que todos saibam: ele é um tolo."

CACÁ ROSSET, ator e diretor de teatro.

"As reformas não conseguirão piorar nosso manicômio fiscal. Mas, como dizia um engraxate da Câmara, não há perigo de melhorar."

ROBERTO CAMPOS, ex-ministro do Planejamento, sobre o projeto de reforma fiscal em tramitação no Congresso.

"O Rio tem o governador Garotinho. E Minas, o Menino Maluquinho."

PIADA corrente em Brasília.

"Tô indo para a Disneylândia."

ELISEU PADILHA, ministro dos Transportes, antes de embarcar com os filhos para Miami, depois de colocar o cargo à disposição do presidente.

"O povo brasileiro vive eufórico, corre atrás de celulares e adora a globalização."

PETER MARCUSE, professor da Universidade Columbia, filho do filósofo Herbert Marcuse.

"O PT deveria se chamar PB: Partido da Boquinha."

ANTHONY GAROTINHO, governador fluminense, acusando o Partido dos Trabalhadores de fisiologismo.

"Essa coisa não é séria. Os deputados só pensam em raparigas e em beber cachaça."

GIVALDO CARIMBÃO, deputado federal (PSB-AL), falando de suas primeiras impressões sobre a Câmara, em entrevista a uma rádio de Alagoas.

Corpo a Corpo

"Já ouvi dizer que ele é um monge muito político que costuma andar por aí de sapatos Gucci."

RUPERT MURDOCH, megaempresário das comunicações, de olho em negócios na China, sobre o Dalai-Lama, líder espiritual do Tibete, anexado pelos chineses.

"Eu estava na ilha de Guam, em março de 1945, quando a unidade em que eu estava matou 10 000 japoneses em Tóquio numa noite."

ROBERT MCNAMARA, ex-secretário da Defesa dos Estados Unidos, alertando para os estragos que os ataques aéreos a Belgrado poderiam causar.

"Votar é maravilhoso."

NELSON MANDELA, presidente sul-africano, a respeito das eleições para sua sucessão.

"Vá com tudo. Guerra implica baixas."

COLIN POWELL, general americano que comandou as forças dos EUA na Guerra do Golfo (1991), aconselhando a Otan a usar tropas terrestres no conflito em Kosovo.

"És filho de 60 000 cadelas."

MUSTAFA TLASS, ministro da Defesa sírio, ofendendo Yasser Arafat em pronunciamento contra o comportamento do líder palestino nas negociações de paz com Israel.

"Todos os que não tenham deixado a cidade morrerão."

Panfletos lançados sobre **GROZNI**, a capital da Chechênia, pela aviação russa.

"Acho que as pessoas estão muito radicais."

FIDEL CASTRO, presidente cubano, ao prefeito do Rio, Luiz Paulo Conde, sobre encontro de que participou com as associações dos docentes universitários.

"Até prova em contrário, a orquestra continua a tocar no convés do Titanic."

PASCAL COUCHEPIN, ministro da Economia suíço, sobre o encontro frustrado da OMC.

"O fato de os albaneses terem se reproduzido tão rápido não lhes dá o direito de separar uma parte de nossa pátria."

SLOBODAN MILOSEVIC, presidente da Iugoslávia, reprimindo o levante de Kosovo.

"Tenho uma péssima notícia para os argentinos: Deus é brasileiro."

RUDIGER DORNBUSCH, economista do MIT, o Instituto de Tecnologia de Massachusetts, a uma plateia de profissionais do mercado financeiro latino-americano.

"Morra Khamenei!"

ESTUDANTES nas ruas de Teerã, protestando contra o conservadorismo do aiatolá Khamenei e pedindo reformas.

Cobras e Lagartos

"No chuveiro eu canto muito e, com a bela acústica do meu banheiro, você não pode imaginar como é legal."

JULIA ROBERTS, atriz, sobre sua participação cantando no filme *Lado a lado*.

"Se um cachorro bravo vier atacá-los, fujam. De nada vai adiantar dizer compaixão, compaixão..."

DALAI-LAMA, monge e líder político do Tibete.

"Não tenho medo de envelhecer, nunca tive essa frescura de crise, só tenho medo do fim do mundo."

ZECA PAGODINHO, sambista.

"Bill Clinton é o homem mais sexy do universo. Eu levaria meus próprios charutos."

SINÉAD O'CONNOR, cantora irlandesa.

"Se você escolhe ir para a cama com uma mulher e ela é Catherine Deneuve, não é necessário ficar bêbada."

SUSAN SARANDON, atriz americana, que fez cena de sexo com a atriz francesa no filme *Fome de viver*.

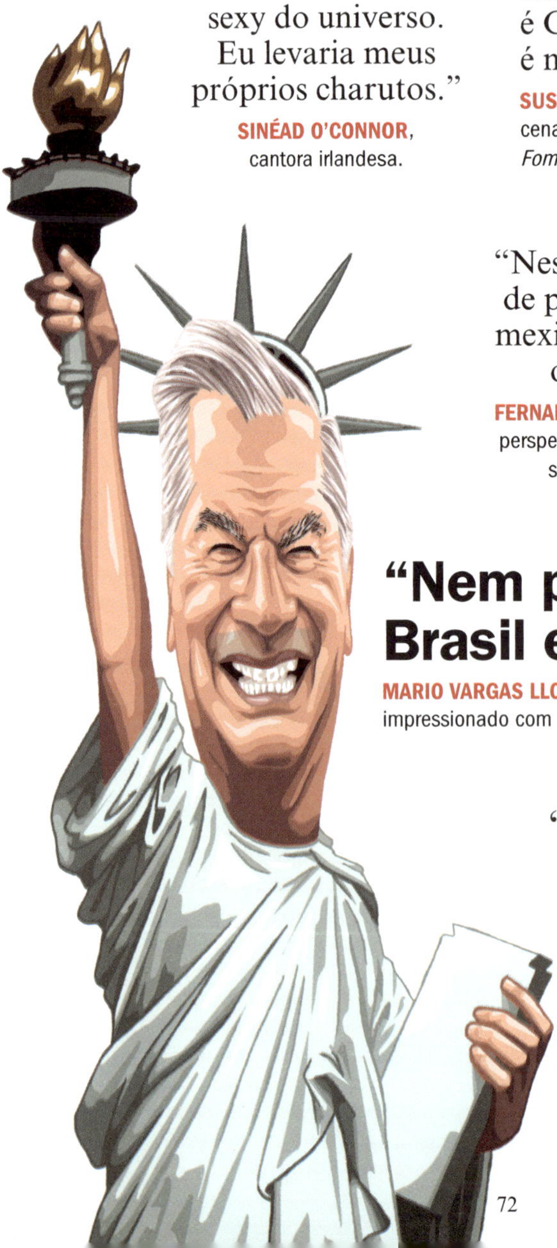

"Nessa altura, o que me resta de papel por aqui é da velha mexicana, de tranças, com os olhos esbugalhados."

FERNANDA MONTENEGRO, atriz, ironizando as perspectivas abertas nos Estados Unidos pelo sucesso do filme *Central do Brasil*.

"Nem parece que o Brasil está em crise."

MARIO VARGAS LLOSA, escritor peruano, impressionado com o Carnaval brasileiro.

"Sou profundamente melancólico. Se não fosse a literatura, já tinha metido uma bala na cabeça."

CARLOS HEITOR CONY, escritor.

"Programa de jovem, se não tiver fila, cerveja quente, comida fria, muito barulho e temperatura de sauna, o garotão vai e não volta mais."

LÉO JAIME, cantor, compositor e cronista.

"O Rio de Janeiro é muito menos violento que o paraíso. Temos 6 milhões de habitantes e há 6 000 homicídios por ano. No paraíso, havia quatro habitantes. Quando Caim matou Abel, o índice de homicídios chegou a 25% da população."

JOSÉ SIQUEIRA DA SILVA, secretário de Segurança Pública do Rio de Janeiro.

"Giuliani é muito eficiente com a coleta do lixo. Então, a gente teve de pôr um pouco mais de lixo na rua."

MARTIN SCORSESE, diretor do filme *Bringing out the dead*, rodado nas ruas de Nova York, cidade do prefeito Rudolph Giuliani.

"Detesto saladas, nunca fiz regime e não tenho tempo para fazer ginástica."

GISELE BÜNDCHEN, *top model* brasileira.

"Não há mais nenhuma razão objetiva para que os humanos sofram aqui na terra."

OSCAR QUIROGA, astrólogo.

"Sempre achei que homens são um luxo, não uma necessidade."

CHER, atriz e cantora americana, ao revelar que não fazia sexo havia seis anos.

"Adoro ver novela. Minha atriz preferida é Carolina Ferraz. Não tem tchan, mas beija pra caramba."

MOREIRA DA SILVA, cantor e compositor, aos 96 anos.

"Não existe nada mais jeca do que mala nova."

CARMEN MAYRINK VEIGA, socialite, dando dica de elegância, sem explicar como envelhecer as malas sem usá-las.

"A falha é individual do conjunto."

WANDERLEY LUXEMBURGO, técnico da seleção, explicando a derrota para o México na final da Copa das Confederações.

"Jamais posaria nu porque meu bumbum é muito feio."

LUXEMBURGO, afinal em autocrítica.

"Eu não podia acreditar que existiam múmias tão lindas."

ZAHI HAWASS, diretor de escavação e subsecretário de Estado dos monumentos de Gizé, no Egito, sobre a descoberta de 105 múmias em perfeito estado de conservação.

"Vaia de bêbado não vale."

JOÃO GILBERTO, cantor e compositor, reclamando de parte do público no show de inauguração do Credicard Hall, em São Paulo.

"Depois do gato e da mulher, o disco de vinil é a coisa mais bonita do mundo."

RUY CASTRO, escritor e jornalista.

"Sou um cão de caça."

KEVIN COSTNER, ator americano, sobre sua incapacidade de ser fiel a uma mulher.

"A carreira artística é difícil porque tem muitas dificuldades."

SUZANA ALVES, a Tiazinha.

"Não basta ser pai. Tem de participar."

CÁSSIA ELLER, cantora e compositora, sobre sua convivência com o filho Chicão.

"Por que não posso ganhar bem? Só porque não sou gostosa, não tenho bundão?"

GORETE MILAGRES, comediante do SBT, irritada com as críticas a seu alto salário.

"Quando alguém me entende, eu fico besta."

HILDA HILST, escritora.

2000

Globalização, Cacciola e Lalau

O país sofre os efeitos da globalização, banqueiro e juiz vão para a cadeia

"Estão de palhaçada comigo."

SALVATORE CACCIOLA, banqueiro, ao ser preso pela Polícia Federal, acusado de lesar os cofres públicos com a operação de socorro financeiro do Banco Central a seu banco, o Marka.

"Eu reagiria mesmo se tivesse de ficar com apenas dois soldados entrincheirados."

ITAMAR FRANCO, governador mineiro, ameaçando reagir a bala a uma possível intervenção federal por sua desobediência em cumprir mandados de reintegração de posse contra invasores de terras em seu estado.

"Se todos os recursos usados nas políticas sociais do Brasil fossem jogados de um helicóptero, os pobres teriam mais chances de recebê-los que da maneira como são aplicados hoje."

RICARDO PAES DE BARROS, diretor do Instituto de Pesquisa Econômica Aplicada.

"Só não fizemos sexo."

ANTONIO CARLOS MAGALHÃES, presidente do Senado, otimista depois de um encontro com o presidente Fernando Henrique, após o enésimo desentendimento entre os dois.

"Não quero ficar sozinha com bandidos na Câmara."

MARTA SUPLICY, candidata do PT à prefeitura de São Paulo, pedindo votos para os vereadores do partido.

"Até o porteiro do prédio onde moro me pergunta quando vou prender Nicolau."

AGÍLIO MONTEIRO FILHO, diretor-geral da Polícia Federal, que chefiou a fracassada operação de captura do juiz Lalau, pivô do escândalo do prédio do TRT paulista. Lalau se entregaria espontaneamente.

"Fernando Henrique não rouba, mas deixa roubar."

CIRO GOMES, candidato do PPS à sucessão de FHC.

"Não sou santo. Nenhum quadro de santo se sustenta na parede para uma pessoa que ganhou 1 bilhão de reais em quatro anos."

LUIZ ESTEVÃO, senador cassado sob acusação de envolvimento no desvio de verbas da construção do prédio do TRT de São Paulo.

"As entranhas do poder nunca são bonitas quando expostas."

EDUARDO JORGE CALDAS PEREIRA, ex-secretário-geral da Presidência, sobre as acusações de que teria articulado a liberação de verbas para a obra do TRT de São Paulo.

"Minha caneta não é Montblanc. É uma caneta vagabunda."

PEDRO MALAN, ministro da Fazenda, respondendo ao deputado petista Aloizio Mercadante, para quem o aumento do salário mínimo não dava nem para pagar a caneta Montblanc do ministro.

"Finalmente o malufismo entrou na era da globalização. Está sendo investigado até nos Estados Unidos."

JOSÉ EDUARDO CARDOZO, vereador (PT-SP), falando da investigação do FBI nas contas de uma empresa que teria corrompido uma concorrência na administração paulistana durante a gestão de Paulo Maluf.

"Conde é uma minhoca. Gorda, é verdade, mas minhoca."

CESAR MAIA, candidato do PTB à prefeitura do Rio, sobre seu adversário, o prefeito Luiz Paulo Conde, a quem derrotou, contrariando todas as pesquisas.

"Ele sempre foi um esposo muito doce. Às vezes eu falo que ele foi muito ingênuo."

MARIA ROSANGELA NOGUEIRA, mulher do ex-deputado Hildebrando Pascoal, indiciado por comandar o crime organizado no Acre, onde era acusado de matar e esquartejar suas vítimas utilizando uma motosserra.

"Perdoe-me se retorno ao assunto sobre as acusações dessa figura abjeta chamada Antonio Carlos Magalhães."

JADER BARBALHO, presidente do PMDB, iniciando um ataque ao presidente do Senado.

"Eu não falo com ele (Jader) por uma questão de higiene."

ANTONIO CARLOS MAGALHÃES, respondendo ao presidente do PMDB.

"Se um dia o Lula for eleito, o que não vai acontecer, o PT vai ser oposição e nós vamos continuar sendo governo!"

FRANCISCO DORNELLES, ministro do Trabalho.

Fuzuê Global

"Cheguei à conclusão, talvez um pouquinho tarde, de que os discursos devem ser curtos."

FIDEL CASTRO, presidente cubano, famoso por fazer discursos de até sete horas.

"Feliz aniversário."

MANIFESTANTE AMERICANO, ao jogar um bolo na cara de Michel Camdessus, ex-diretor-gerente do FMI, em protesto contra a globalização.

"Queimem os ricos, queimem os ricos."

MANIFESTANTES ANTIGLOBALIZAÇÃO voltando a atacar em Praga, na reunião anual do FMI e do Banco Mundial.

"Havia muita gente na sala. Eu estava falando, me virei e ali estava ele."

BILL CLINTON, presidente americano, explicando por que cumprimentou o ditador cubano Fidel Castro numa reunião da ONU.

"Nenhum candidato pode lutar contra a globalização. Seria como lutar contra o clima."

DICK MORRIS, assessor político do presidente Bill Clinton.

"Milosevic, você perdeu."

TONY BLAIR, primeiro-ministro inglês, para o presidente iugoslavo Milosevic, que perdeu o primeiro turno das eleições e acabou abandonando o poder depois de treze anos de ditadura.

"Eu respeito o direito de as mulheres terem sua profissão, mas acho que a profissão de mãe de família deve ser remunerada, é uma missão de saúde pública."

JEAN-MARIE LE PEN, presidente da direitista Frente Nacional francesa.

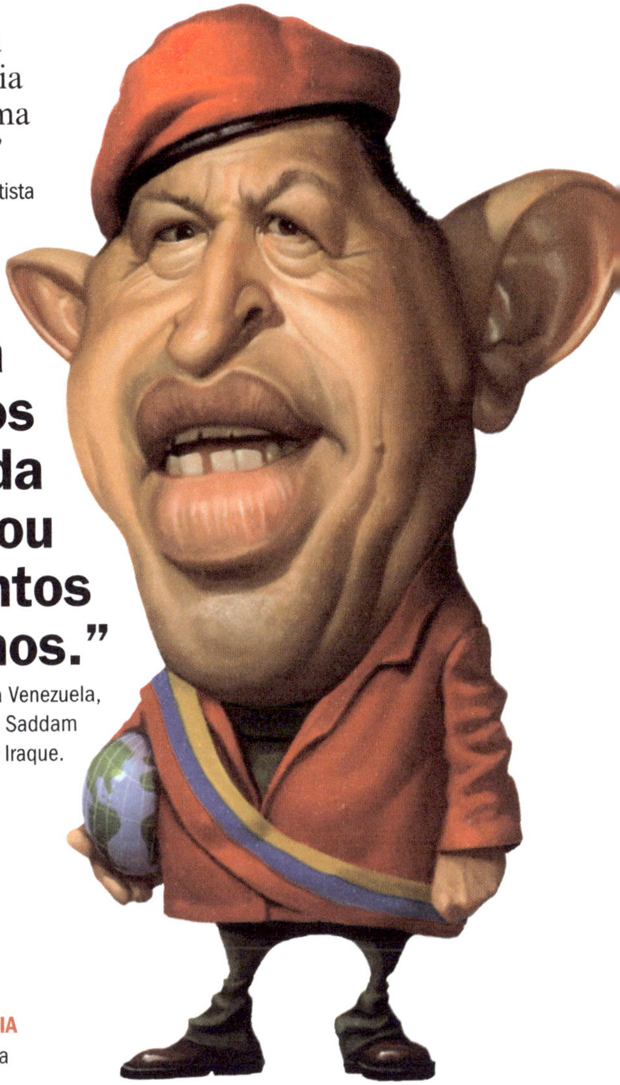

"Para defender os interesses da Venezuela, vou até os quintos dos infernos."

HUGO CHÁVEZ, presidente da Venezuela, respondendo aos críticos de sua visita a Saddam Hussein, no Iraque.

"A Igreja Católica pede perdão pela participação efetiva de seus filhos em sessões de tortura."

Documento divulgado pela **CONFERÊNCIA EPISCOPAL ARGENTINA**, em que a Igreja assume responsabilidade na repressão durante a ditadura militar.

"Eu sou muito gostável. Sou adorável, até!"

HILLARY CLINTON, primeira-dama americana, contrariando os que diziam que o eleitor de Nova York não conseguiria gostar dela a ponto de elegê-la senadora pelo estado. Elegeu.

"Estamos acostumados à profunda tradição árabe de democracia em que os resultados são primeiro declarados, então as eleições são realizadas e os eleitores comparecem para confirmá-los."

TALAL SALMAN, editor do jornal libanês *As-Safir*, desculpando-se pelo anúncio precipitado do resultado das eleições americanas.

"Ver milhões evaporando em horas foi como saltar de um avião."

FERNANDO ESPUELAS, da StarMedia, portal latino-americano da internet, cujas ações chegaram a atingir 70 dólares e depois caíram para menos de 20 dólares.

"Se Greenspan morresse, eu seria capaz de lhe colocar óculos escuros, embalsamá-lo e sentá-lo na cadeira do Federal Reserve para sempre."

DICK CHENEY, candidato republicano à Vice-Presidência dos Estados Unidos, reconhecendo a importância do presidente do Banco Central americano para o desenvolvimento sustentado dos EUA.

"Quem não gostar da ideia pode beber a água do Mar Morto."

YASSER ARAFAT, presidente da Autoridade Nacional Palestina, ao anunciar que proclamaria um Estado palestino independente ainda no ano 2000. Pouco depois, começaria o conflito que matou mais de 300 pessoas.

Sexo, Drogas e Rock'n'Roll

"A Microsoft não vai morrer. Vai ficar aí como um fóssil de uma era grandiosa que acabou: a era do computador pessoal."

LARRY ELLISON, presidente da Oracle.

"Não somos pessoas preconceituosas, em absoluto. Além de lavadeira e um excelente motorista negro, as duas cozinheiras que tive na vida são pretas telefônicas."

CARMEN MAYRINK VEIGA, ao saber que o marido, Tony, tem entre seus ancestrais uma negra angolana.

"Com seu obstinado esforço de embranquecimento, Machado de Assis foi uma espécie de precursor de Michael Jackson."

GERALDO CARNEIRO, poeta e dramaturgo, no jornal *O Dia*.

"Casar-me outra vez? Não sou tão estúpida."

LIZ TAYLOR, que já cometera a estupidez por oito vezes.

"Se um brasileiro entra na farmácia latindo, ele tem isenção de impostos. Se entra tossindo, paga mais caro."

DARCÍSIO PERONDI, deputado federal (PMDB-RS), criticando as isenções fiscais para medicamentos veterinários.

“No Brasil se tem muita dificuldade de encontrar atrizes para os papéis de avós, porque todas estão esticadíssimas.”

AMY IRVING, atriz americana, que se disse impressionada com a quantidade de plásticas no meio artístico nacional.

“Adoro comprar lingerie, malhar pra se sentir gostosa, calçar uma bota de salto alto. Adoro velas, banho de cheiro, óleos essenciais, cinta-liga e música que inspire o amor.”

LUANA PIOVANI, modelo, dizendo do que gosta na hora de fazer sexo.

“Uma mulher que faz um papel cômico não me ofende, mas penso que elas servem somente para fazer filhos.”

JERRY LEWIS, comediante, chocando a plateia do Comedy Arts Festival, em Aspen, Colorado, EUA, onde era homenageado.

“Parei com as drogas. E nos shows, finalmente, consigo escutar o que toco.”

NOEL GALLAGHER, líder do grupo inglês de rock Oasis.

“Meu irmão e eu fomos os primeiros garotos na nossa rua a saber de onde vinham os bebês.”

HUGH HEFNER, o criador da revista *Playboy*.

"O que acho bonito em mim são apenas duas coisas: a minha cara e o meu corpo."

ACELINO POPÓ FREITAS, campeão mundial de boxe na categoria superpenas.

"Quero ser apenas uma pequena nota no pé da página da História dos Estados Unidos."

MONICA LEWINSKY, ex-estagiária da Casa Branca, pivô do escândalo que quase derrubou o presidente Bill Clinton.

"Eu fiz isso com a mesma excitação de quando fiz amor pela primeira vez."

TED TURNER, vice-presidente da Time Warner, sobre a união de sua empresa com a provedora de internet AOL, um negócio de 184 bilhões de dólares.

"Nosso povo é vira-lata, com muito orgulho."

PAULO CÉSAR SARACENI, cineasta brasileiro.

"A Vera Fischer esfrega sua beleza na nossa cara. Aquele corpo, aquele colorido são inacreditáveis."

ADALGISA COLOMBO, ex-miss Brasil.

"Eu sou totalmente frágil."

EDMUNDO, craque do Vasco, tentando se livrar do apelido de Animal.

"Por que o Pelé, que iniciou a vida sexual com um garoto, foi eleito um dos esportistas deste século, e eu, porque me drogo, fiquei de fora?"

MARADONA, craque argentino, demonstrando seu desprezo por Pelé, o rei do futebol.

“Só espero que não demore outras 123 corridas para ganhar de novo.”

RUBENS BARRICHELLO, que, depois de sete anos na Fórmula 1, conseguiu sua primeira vitória no Grande Prêmio de Hockenheim, na Alemanha.

“O gênero que mais curto é a comédia. Eu estava lendo o livro do Jô, mas parei e agora vou começar *A divina comédia*.”

SUSANA WERNER, modelo.

“Estou aprendendo muito com meu trabalho na Banheira do Gugu.”

HELEN GANZAROLLI, a quase-peladona do quadro do programa do Gugu, um dos motivos de o Ministério da Justiça anunciar medidas mais rígidas para controlar a baixaria na televisão.

“Não sou projetada. A coxa é minha, o abdome também. Inclusive o peito é meu, eu comprei ele (*sic*).”

JOANA PRADO, a Feiticeira, respondendo às críticas de que seu corpo é turbinado por silicone.

“Vou para a cama com quem quero. Homens, mulheres. Não devo nada a ninguém.”

GIORGIO ARMANI, estilista.

"Sabia que o sapo tem sensibilidade musical mais apurada do que muita gente?"

HERMETO PASCHOAL, músico e compositor.

"A Vera deveria ter casado com o Mick Jagger, e não com um durango que nem eu."

JECE VALADÃO, ator e diretor de cinema, referindo-se à ex-mulher Vera Gimenez (mãe de Luciana Gimenez), que lhe cobra na Justiça pensão para o filho universitário.

"Talvez eu deva dormir com ela primeiro."

ANGELINA JOLIE, atriz que contracenou com Antonio Banderas no filme *Dancing in the dark*, sobre o ciúme da mulher do galã, a também atriz Melanie Griffith.

"Foi só pôr aquela peruca, e passei quatro meses sem falar uma coisa inteligente."

SIGOURNEY WEAVER, atriz, que usou peruca loura no filme *Galaxy quest*.

"Quem sou eu? Mas é preciso ser alguém para chorar a morte do único homem que dormiu com Brigitte Bardot, Catherine Deneuve e Jane Fonda?"

Resposta dada a um repórter por um **CIDADÃO FRANCÊS** durante o velório do cineasta Roger Vadim.

"Nunca fiz sexo, sempre fiz amor com meus namorados."

ELIANA, apresentadora de programa infantil de TV.

"É um sonho e, como todo sonho, é um sonho."

PAULO COELHO, escritor, falando da então apenas hipótese de um dia entrar para a Academia Brasileira de Letras.

"Mamãe, você vai casar antes de mim?"

LOURDES MARIA, filha de Madonna, 3 anos, ao saber do casamento da cantora com o cineasta inglês Guy Ritchie.

"O papai era um garoto de recados."

TINA SINATRA, filha do cantor Frank Sinatra, revelando que seu pai intermediou apoio de chefe mafioso a John Kennedy, em 1960, nas primárias do Partido Democrata.

"Arrotei. Sou humana!"

GISELE BÜNDCHEN, a *top model* número um do mundo, mostrando que não perde a graciosidade nem mesmo quando faz aquela coisa feia.

"Quem quer realidade vai ler a Barsa."

ADRIANE GALISTEU, modelo e apresentadora de TV, para quem em fotos de nu o que vale é a fantasia.

"*Laços de família* é mesmo uma novela de família: primeiro ele pega a mãe, depois a filha."

MARCELO MADUREIRA, humorista do Casseta & Planeta, sobre a novela das 8, da Globo, que gerou briga com a Igreja, o Juizado de Menores e o Ministério da Justiça.

"Prefiro o paraíso pelo clima e o inferno pelas companhias."

MANUEL DE OLIVEIRA, 92 anos, diretor do filme *Palavra e utopia*, no Festival de Veneza, falando sobre o que espera do futuro.

"Tem coisa que não se discute: filhos detonam qualquer casamento. São maravilhosos, mas fatais."

CHICO ANYSIO, humorista, que teve sete filhos e cinco ex-mulheres.

"Eles jogam de forma irresponsável, mas com responsabilidade."

WANDERLEY LUXEMBURGO, técnico da Seleção Brasileira de Futebol, justificando a derrota para os sul-africanos.

"O Lucas já fala 'mom' and 'dad'!"

LUCIANA GIMENEZ, modelo, sobre seu filho com o stone Mick Jagger.

"Cobiçar alguém faz bem para você e é bom para a pele."

ELIZABETH HURLEY, modelo e atriz inglesa, ex-senhora Hugh Grant, explicando qual é seu pecado favorito.

"Ainda sou virgem."

BRITNEY SPEARS, símbolo sexual e musa da música pop internacional.

"Temos de preservar os animais, o Ibama, tudo isso."

NARCISA TAMBORINDEGUY, socialite carioca, mostrando sua faceta ecológica.

2001

Terror, Barbalho e ACM

O mundo vê chocado a queda das torres gêmeas e, por aqui, o Congresso vira campo de batalha

"Precisa acabar no Brasil essa mentalidade atrasada de que o presidente vai passear. Tenha paciência!"

FERNANDO HENRIQUE CARDOSO, presidente, rebatendo críticas a sua passagem pela ilha turística de Bali, na Indonésia.

"Estamos nos colocando ao lado dos parlamentos mais avançados do mundo."

AÉCIO NEVES, presidente da Câmara dos Deputados, depois da votação que acabou com a imunidade parlamentar para crimes comuns, comemorando o fato de o Congresso ter encerrado o ano com uma imagem melhor do que quando começou.

"O PMDB deve se decidir. Ou fica no governo, ou pega o caminho da roça."

FHC, dando um ultimato ao partido, que integrava a base do governo e o ministério.

"Estou como o Pelé no Santos."

LUIZ INÁCIO LULA DA SILVA, eterno candidato do PT à Presidência, animado com as pesquisas de intenção de voto.

"Nossa festa junina tem caminho da roça, mas não tem quadrilha."

SARAIVA FELIPE, presidente do PMDB mineiro, respondendo ao presidente FHC.

"FHC é o presidente pomada. Só serve para uso externo."

RUBENS BUENO, líder do PPS na Câmara, para quem há incoerência entre o que o presidente diz no exterior e o que faz aqui dentro.

"Político hoje em dia é comparado cada vez mais a cocô de galinha."

CIRO GOMES, ainda pré-candidato do PPS.

"Exportar ou morrer."

FHC, anunciando a nova prioridade do governo.

"Já virou cadáver."

ITAMAR FRANCO, governador mineiro, comentando o "exportar ou morrer" de FHC.

"Dei um carteiraço."

DIÓGENES OLIVEIRA, caixa da campanha eleitoral do PT gaúcho, admitindo que pediu ao chefe de polícia que não reprimisse o jogo do bicho.

"Política é um charco. As pessoas de bem têm de andar com lenço no nariz."

JEFFERSON PÉRES, senador, sobre as traições a sua candidatura à presidência do Senado.

"O Brasil não merece essa desgraça: Lula e Itamar no segundo turno."

JORGE BORNHAUSEN, presidente do PFL, preocupado com a hipótese.

"Cuidado que nessa cara redonda pode estar o próprio demônio."

LEONEL BRIZOLA, ex-governador fluminense, advertindo aos evangélicos para se precaverem com o evangélico Garotinho.

"Dormi agarradinho com minha mãe."

JOSÉ IGNÁCIO FERREIRA, governador do Espírito Santo, comentando os cuidados que teve com a família depois das denúncias contra seu governo.

"Não estamos escolhendo a miss Brasil, mas o presidente do Brasil."

ANTHONY GAROTINHO, numa referência a Roseana Sarney, pré-candidata do PFL à sucessão de FHC.

"Aos 48 anos, sendo mãe e avó, só posso ficar lisonjeada."

ROSEANA SARNEY, respondendo a Garotinho.

"Ele está tomando Viagra de mais e Lexotan de menos."

GEDDEL VIEIRA LIMA, líder do PMDB na Câmara quando Antonio Carlos Magalhães voltava a ser Toninho Malvadeza.

"Lalau e Lulu pro Carandiru."

Faixa colocada por **MORADORES** em frente à sede da Polícia Federal em São Paulo, onde estavam presos o ex-juiz Nicolau dos Santos Neto e o ex-senador Luiz Estevão.

"O Lula, que veio para reformar, está sendo reformado."

LEONEL BRIZOLA, criticando no programa de TV do PDT a contratação de um marqueteiro pelo candidato petista à sucessão de FHC.

"Roberto Freire é o quinta-coluna escalado por FHC para torpedear a candidatura Ciro Gomes."

PAULO MALUF, ex-prefeito paulistano, irritado porque o presidente do PPS proibiu alianças com seu partido, o PPB, nas eleições de 2002.

"Maluf não tem currículo, tem folha corrida. É um caso de polícia."

ROBERTO FREIRE, respondendo a Paulo Maluf.

"Apagão é coisa de comunista."

JAMES CORRÊIA, engenheiro eletricista criador do plano alternativo de racionamento.

"Ele é ladrão e tem de ir para a cadeia."

ANTONIO CARLOS MAGALHÃES, sentenciando Jader Barbalho.

"É a velha prostituta pregando a castidade neste país."

JADER BARBALHO, presidente do Senado, numa referência às acusações que vinha recebendo do arqui-inimigo ACM.

"Está configurada a quebra de decoro."

ROMEU TUMA, corregedor do Senado, sobre o envolvimento de Jader Barbalho no escândalo da Sudam.

"Dos sete dias em que Deus fez o mundo, dois ele levou construindo o Piauí."

MÃO SANTA, governador do Piauí, que acabou cassado por abuso de poder econômico.

"Meu tempo na política já passou."

LAÉRCIO BARBALHO, 83 anos, pai do ex-senador Jader Barbalho e seu primeiro suplente no Senado, recusando a cadeira a que o filho renunciou.

"Ele está estrebuchando."

GEDDEL VIEIRA LIMA, diante da falta de saída para ACM.

"Ou ACM é derrotado ou derrota o Brasil."

ARTHUR VIRGÍLIO, líder do governo no Congresso.

"Estou com nojo daquela gente."

ACM, referindo-se aos colegas de Senado que o levaram à renúncia.

"Eu era feliz com ACM e não sabia."

FERNANDO HENRIQUE CARDOSO, depois que o novo presidente do Senado, Jader Barbalho, virou sua metralhadora verbal contra o Planalto.

"Foi o encerramento de um ciclo que começou com as capitanias hereditárias."

PEDRO SIMON, senador.

"Disseram-me que o Senado era o céu.
É pior que o inferno."

NILO CAMPOS, senador suplente (PSDB), pouco depois de assumir o cargo.

"O Senado tem de deixar de ser catedral na frente e bordel nos fundos."

BERNARDO CABRAL, senador.

"Acabaram escondendo o tapete debaixo do lixo."

MARCELO DÉDA, prefeito de Aracaju, sobre a CPI da Corrupção, que não foi aprovada.

"O Brasil precisa, na área do narcotráfico, que as pessoas fumem menos, cheirem menos e se injetem menos."

WILTON RIBEIRO, comandante-geral da Polícia Militar do Rio de Janeiro.

"Anota aí: vou virar o sistema."

IDEMIR CARLOS AMBRÓSIO, o "Sombra", líder da organização criminosa Primeiro Comando da Capital, dois dias antes da rebelião em 29 presídios de São Paulo.

"Sou um criador de gado."

FERNANDINHO BEIRA-MAR, traficante carioca, ao ser preso na Colômbia.

"Até as galinhas do quintal de quem trair Hildebrando serão mortas."

HILDEBRANDO PASCOAL, deputado cassado do Acre, condenado por liderar grupo de extermínio, em gravação de telefonema feito de dentro da prisão.

Que Rei Sou Eu?

"A tortura é eficiente, a maioria das pessoas não aguenta e fala. Depois da tortura, matávamos os guerrilheiros na maioria dos casos."

PAUL AUSSARESSES, general da reserva do exército francês, reconhecendo a tortura durante a guerra de independência da Argélia.

"Benito Mussolini era corno."

Título do **JORNAL LIBERO**, de Milão, Itália, referindo-se à entrevista de Edda Mussolini Ciano, concedida em 1995, em que ela conta que o pai, o fundador do fascismo, foi traído pela mulher.

"Agora sou como a maioria dos americanos. Dou uma olhada nos jornais e bebo café."

BILL CLINTON, ex-presidente americano, falando de sua rotina fora do poder.

"O direito de roubar o Estado não é um direito humano e não deve ser protegido."

JEAN ZIEGLER, autor do livro *A Suíça lava mais branco*, que condena o sigilo bancário em países democráticos.

"Estou chegando em grande estilo."

RONALD BIGGS, ladrão inglês refugiado no Brasil, pouco antes de ser preso ao desembarcar em Londres.

"Ao chegar aqui, soube que a cidade já esperava por mim quando passei por um cinema e vi escrito num cartaz *A volta da múmia*."

MARGARET THATCHER, ex-primeira-ministra britânica, marcando em discurso sua volta à política na campanha dos conservadores.

"Se a revolução sem armas fracassar, o próximo passo será uma revolução armada."
HUGO CHÁVEZ, presidente da Venezuela.

"Prometo não roubar um só centavo do município nos próximos quatro anos."
ENRIQUE RIERA, prefeito eleito de Assunção, capital paraguaia.

"Isso é problema seu."
SLOBODAN MILOSEVIC, ex-presidente iugoslavo, respondendo ao juiz, no Tribunal Penal Internacional de Haia, se queria que fossem lidas as acusações contra ele.

"Não mandei matar ninguém."
AUGUSTO PINOCHET, ex-ditador chileno, em depoimento à Justiça.

"Ser alemão não é uma coisa para se ter orgulho. Orgulho se tem de coisas que alcançamos por nós mesmos."
JOHANNES RAU, presidente da Alemanha.

"Meu pai nunca existiu para mim."
GERHARD SCHROEDER, chanceler alemão, contemplando uma foto em que seu pai – morto em 1944, quando ele tinha 6 meses de idade – aparece com o uniforme de soldado do III Reich.

"Um fracasso deplorável."
Do jornal francês **LE MONDE**, sobre a conferência contra o racismo em Durban, África do Sul.

"Eu sou Al Gore. Eu era o futuro presidente dos EUA."

AL GORE, ex-vice-presidente americano, derrotado por George W. Bush nas eleições para a sucessão de Bill Clinton.

"A República da Namíbia não autoriza o homossexualismo em seu território. A polícia recebeu ordens de deter, encarcerar e deportar os homossexuais."

SAM NUJOMA, presidente da Namíbia.

"Uma vez me perguntaram se em Cuba universitárias exerciam a prostituição. Eu respondi que não, as prostitutas em Cuba é que tinham nível universitário."

FIDEL CASTRO, no discurso de 1º de maio em Havana.

"Dou um doce para quem conseguir chutar a bola no gol."

LUIZ FELIPE SCOLARI, técnico da seleção.

"Quero ser o jumentinho de Cristo."

MARCELO ROSSI, padre.

"Eu sou da paz, nada me atinge."

CARLINHOS BROWN, cantor, no Rock in Rio, antes de ser atingido no nariz por um dos milhares de copos de água atirados pela plateia.

"Vejo toda essa violência e me pergunto: onde estão os pais desses jovens? Onde está Deus em suas vidas?"

PRINCE, andrógino cantor americano, que se tornou testemunha de Jeová.

"Vocês precisam ver como as vacas podem ser assustadoras. Quando as vi na janela do carro fazendo muuu, caí em prantos."

JULIANNE MOORE, que numa cena do filme *Hannibal* tem o carro cercado por um rebanho.

Guerra dos Sexos

"Olhe para a minha cara e veja se eu me pareço com alguém que cultive a castidade."

NEY MATOGROSSO, cantor, ao completar 60 anos.

"Não gritei, não lutei, mas não consenti em fazer sexo com ele."

GLORIA TREVI, cantora mexicana presa em Brasília, contando como foi seguidamente violentada na cadeia por "um homem influente".

"Sou louca para perpetuar a espécie."

SCHEILA CARVALHO, a morena do grupo É o Tchan!, querendo ser mãe.

"Eu estive em várias situações adultas com Nicole."

RUSSELL CROWE, astro de *Gladiador*, confirmando o romance que Nicole Kidman negou.

"É muito melhor que sexo. Você faz oito vezes por semana e não fica grávida."

JERRY HALL, ex-mulher do stone Mick Jagger, sobre as delícias de atuar no teatro.

"Sou acionista do Viagra."

JULIO IGLESIAS, cantor espanhol, respondendo com humor a um repórter que lhe perguntou se, aos 57 anos, usava a droga.

"As mulheres não dependem mais dos homens para sobreviver e então o casamento se tornou um pouco dispensável."

VERA ZIMMERMANN, atriz.

"Vista uma americana e uma francesa com a mesma roupa, e a francesa vai se destacar. Seu cabelo pode não ser tão limpo, mas seu porte é diferente. Ela parece chique."

TOM FORD, estilista americano.

"Eu tenho respeito pelo seu talento e pela sua integridade. Sem contar que ele é um colírio para os olhos."

JULIA ROBERTS, atriz, sobre o ator Brad Pitt, com quem contracenou no filme *A mexicana*.

"Quando fiz *A menina do lado* era virgem. Nunca tinha namorado. Ensaiei as cenas de sexo em cima de uma almofada."

FLÁVIA MONTEIRO, a professorinha da novela *Chiquititas*.

"Foi um ato que durou cinco segundos."

BORIS BECKER, ex-tenista alemão, contando como engravidou a tenista russa Angela Ermakova, no torneio de Wimbledon de 1999.

"Detesto parecer gostosa."

CRISTIANA OLIVEIRA, atriz.

"Coloquei o equivalente a uma lata de Coca-Cola em cada seio."

CRISTINA MORTÁGUA, modelo, sobre os 350 mililitros de silicone por unidade que implantou em uma operação.

"Às vezes, dizer que sou filha do Chaplin soa tão estranho quanto ser filha do Mickey Mouse."

GERALDINE CHAPLIN, atriz, filha mais velha de Charles Chaplin.

"Conheço a dança da garrafa."

JENNIFER LOPEZ, atriz e cantora americana de origem latina, dizendo o que sabe de música brasileira.

"Os contratos matrimoniais deveriam ser redigidos como a licença para cachorro e ser renovados todos os anos."

ROD STEWART, roqueiro inglês, escaldado pai de cinco filhos de três mulheres.

"Eu estava cansado ontem à noite. Peço perdão."

TOM CRUISE, ator americano, para sua então mulher, Nicole Kidman, em conversa telefônica gravada em 1998 e revelada neste ano.

"Tom, toda noite é a mesma coisa."

NICOLE KIDMAN, não aceitando a desculpa esfarrapada do marido.

De Onde Vem Essa Gente?

"Esse negócio de amor à camisa é tudo conversa fiada."

ROBERTO CARLOS, jogador do Real Madrid e da seleção brasileira.

"Vi o seio esquerdo de Courtney Love sair do vestido e se instalar no prato que estava na minha frente. Foi extraordinário."

HUGH GRANT, ator inglês, sobre a roqueira grunge, sua vizinha de mesa em um jantar de celebridades em Hollywood.

"Deus apenas me guia. E diz: continue, você está no caminho certo."

PANAYIOTIS ZAVOS, professor aposentado da Universidade de Kentucky (EUA), ao anunciar que estava perto de clonar um ser humano.

"A Igreja é contra a clonagem de células? E daí?"

ELSIMAR COUTINHO, médico geneticista baiano.

"Alguém deve ter colocado cocaína na minha comida."

JÚNIOR BAIANO, então zagueiro do Vasco, justificando o resultado do exame *antidoping*.

“Boa viagem, meu clone!”

ARTHUR CLARKE, autor de *2001, uma odisseia no espaço*, em mensagem que iria ao espaço com uma amostra de seu DNA no foguete Ariane V.

“Fiz uma grande viagem!”

DENNIS TITO, milionário californiano, primeiro turista a ir ao espaço.

“A expectativa em torno da clonagem humana é abortos tardios, crianças mortas e sobreviventes com anomalias.”

IAN WILMUT, criador da ovelha Dolly.

“Não creio que a raça humana possa sobreviver aos próximos 1 000 anos, a menos que nos espalhemos pelo espaço.”

STEPHEN HAWKING, físico inglês, defendendo a colonização do espaço.

“Esse xampu tem Ph.D. balanceado.”

LUCIANA GIMENEZ, modelo e apresentadora de TV.

“Eu amei de verdade os primeiros dias dos Beatles. Mas então nós ficamos famosos, e isso estragou tudo.”

GEORGE HARRISON, dos Beatles.

"Poderia gravar mensagens ecológicas, mas as baleias não compram disco, bicho."

ERASMO CARLOS, cantor e compositor, explicando por que seu novo disco só fala de amor.

"Da última vez que estive no Brasil, fui dançar e os homens se empurravam tentando passar a mão no meu traseiro."

GISELE BÜNDCHEN, *top model* brasileira, em entrevista ao jornal londrino *Daily Mirror*.

"Acho ridículo fazer 80 anos."

BIBI FERREIRA, atriz, cantora e diretora teatral, aos 79 anos.

"Eu botei silicone porque estava chegando à fase em que o peito cai na sopa."

HELÔ PINHEIRO, a então cinquentona Garota de Ipanema.

"Tive de fazer isso antes de iniciar uma relação sexual."

ANGELINA JOLIE, atriz americana, explicando um corte no braço.

"O Ronaldinho é como carro velho. Uma hora quebra o motor, depois a suspensão, a lataria, o amortecedor..."

MILTON NEVES, apresentador de TV.

"Quem gosta de beleza interior é decorador."
ALEXANDRE FROTA, ator, no programa *Casa dos Artistas*, do SBT.

"Ninguém em minha família conseguiu escapar à presença sufocante de meu avô. Ele precisava de sangue para assinar cada uma de suas telas."
MARINA PICASSO, neta do pintor espanhol Pablo Picasso.

"Eu sempre uso uma velha máquina de escrever. Comprei doze, para ter certeza de que elas me acompanharão até o fim da minha existência."
JEAN-LUC GODARD, cineasta francês.

"Meus filmes são superestimados."
WOODY ALLEN, diretor de cinema americano.

"Não foi um sonho, ganhamos do Brasil!"
Manchete do **LA PRENSA**, o maior jornal de Honduras.

"A mulher gosta de uma pegada firme, de uma agressividade na abordagem e até de um tapa."
JOSÉ MAYER, ator.

"A realidade óbvia sobre Barrichello é que sua Ferrari parece estar permanentemente com o freio de mão puxado."
Do jornal inglês **THE TIMES**, falando do desempenho do piloto brasileiro Rubens Barrichello, depois do GP do Japão.

2002

A eleição de Lula e o penta

Na quarta tentativa, o PT elege seu presidente, enquanto Ronaldo leva a seleção ao penta

"É como cruzamento de cavalo com vaca: não puxa carroça nem dá leite."

MILTON TEMER, deputado do PT, sobre a indicação do senador José Alencar para vice na chapa de Lula.

"Por enquanto, não estou comendo criancinha, mas estou à esquerda do Lula."

JOSÉ ALENCAR, senador (PL-MG) e empresário, então possível vice na chapa do petista à sucessão de FHC.

"Ciro Gomes e Itamar Franco são candidatos em marcha para a insignificância. Itamar Franco oscila de acordo com o topete."

MAILSON DA NÓBREGA, ex-ministro da Fazenda.

"Não queremos outra Cuba nem outra Venezuela na América Latina."

LUIZ INÁCIO LULA DA SILVA, em entrevista a correspondentes estrangeiros.

"Eu mudei, o PT mudou, o Brasil mudou."

LULA, em frase repetida durante a campanha que o elegeria presidente do Brasil.

"Eu não tenho poupança que me permita passar quatro anos vivendo com 8 000 reais."

GILBERTO GIL, cantor e compositor, antes de aceitar o cargo de ministro da Cultura de Lula.

"O Brasil está condenado a eleger José Serra ou a mergulhar no caos."

GEORGE SOROS, megainvestidor.

"Será uma transição tranquila, porque o país vive no regime democrático e o presidente Fernando Henrique está tendo um papel importantíssimo para que tudo ocorra na maior segurança."

JOSÉ DIRCEU, presidente do PT.

"A chapa Serra-Simon seria tão feia que nem as moscas teriam coragem de pousar nos cartazes."

WELLINGTON MOREIRA FRANCO, ex--governador do Rio, apoiando a escolha da bela deputada Rita Camata para vice do candidato tucano.

"O PT gosta muito de reunião. Eu entrava com oito dúvidas e saía com nove. Depois comecei a entender o estilo."

DUDA MENDONÇA, marqueteiro de Lula, que entendeu tanto o partido que o levou à vitória.

"Nossa, você está parecendo um republicano!"

GEORGE W. BUSH, presidente americano, demonstrando espanto quando Lula se referiu às políticas sociais de seu futuro governo.

"É a chapa chuchu com jiló. O primeiro não tem gosto e do outro ninguém gosta."

CUNHA LIMA, ex-deputado, referindo-se à dobradinha Geraldo Alckmin (PSDB) e Cláudio Lembo (PFL), que venceria a eleição para o governo do estado de São Paulo.

"Sou um homem normal, que come, gosta de mulher e usa o vaso sanitário."

ENÉAS CARNEIRO, campeão de votos do Prona, eleito com mais de 1,5 milhão de votos para deputado federal.

"Esse negócio de experiência me lembra o Mandela. Sabe qual era a experiência do Mandela? 27 anos de cadeia."

LUIZ INÁCIO LULA DA SILVA, para quem a experiência do candidato não era fundamental.

"Palocci tem grande competência, até porque é médico. Se fosse economista, teria minhocas na cabeça."

DELFIM NETTO, economista e deputado federal (PPB-SP), confiante em que, na equipe econômica de Lula, Antônio Palocci faria o que teria de ser feito.

Viramundo

"Arrependo-me de não ter eliminado Arafat."

ARIEL SHARON, primeiro-ministro israelense, lembrando que, quando era ministro da Defesa de Israel, em 1982, e suas tropas invadiram o Líbano, decidiu que o líder palestino seria poupado.

"Depois de cinquenta anos de luta e sofrimento sangrento, já basta. Basta de luta e basta de sangue."

YASSER ARAFAT, líder palestino, em discurso ao Parlamento em Ramallah.

“Espero que Xavier me derrote. Não quero ser presidente.”

XANANA GUSMÃO, então candidato a presidente do Timor Leste, torcendo por seu adversário, Francisco Xavier do Amaral, na primeira eleição presidencial do país. Acabou eleito.

“A guerra contra o terror ainda não foi vencida. Portanto, eu sou contra um ataque ao Iraque.”

GERHARD SCHROEDER, confirmado pelo Parlamento alemão para o segundo mandato como chanceler, opondo-se à pretensão do presidente Bush de atacar o Iraque.

“Um chanceler que pinta o cabelo é capaz de falsificar qualquer estatística.”

KARL-JOSEF LAUMANN, deputado oposicionista, insinuando que o chanceler alemão Gerhard Schroeder tingia o cabelo.

“Na classe política, ninguém se salva, nem eu.”

ALFREDO AVELÍN, governador da província argentina de San Juan, que acabou destituído.

“É um carro soviético. Tem uns 100 anos de idade, mas é o mais confortável que temos.”

FIDEL CASTRO, presidente de Cuba, sobre a limusine preta em que ele embarcou o ex-presidente americano Jimmy Carter e sua mulher, em visita ao país.

“Qualquer agressor que tentar nos prejudicar será vencido por Deus.”

SADDAM HUSSEIN, ditador iraquiano, às voltas com a ameaça de um ataque americano.

“Fora, Osama Bin Chávez.”

CARTAZ exibido por manifestantes de oposição ao presidente venezuelano Hugo Chávez.

"Acabou. A assembleia votou em mim."

HAMID KARZAI, o então líder interino do Afeganistão, depois da sessão de abertura da Loya Jirga, a assembleia reunida para escolher o novo presidente.

"Uma ganância contagiosa parece ter tomado de assalto boa parte de nossa comunidade de negócios."

ALAN GREENSPAN, presidente do Banco Central americano, sobre as fraudes nos balanços das empresas.

"Os políticos argentinos são todos ladrões."

JORGE BATLLE, presidente do Uruguai, criando uma crise diplomática com o governo do país vizinho. No dia seguinte, pesquisas de opinião entre os argentinos lhe deram razão.

"Se você quiser tornar-se um radical islâmico completo e estiver pronto para se submeter à circuncisão, eu recomendarei a realização de uma operação de forma que nada mais cresça em você novamente."

VLADIMIR PUTIN, presidente russo, fazendo uma provocação a um jornalista dinamarquês que criticou a repressão russa aos chechenos.

"Considero o presidente americano um talibã que quer colocar uma burca no progresso científico."

SEVERINO ANTINORI, médico italiano e um dos maiores defensores da clonagem humana, atacando George W. Bush.

"Jamais aprenderemos a viver em paz se continuarmos a matar as crianças uns dos outros."

JIMMY CARTER, ex-presidente americano, condenando a guerra contra o Iraque, ao receber o prêmio Nobel da Paz.

"A Argentina é o Afeganistão da economia."

EDUARDO AMADEO, porta-voz da Presidência argentina.

Só Dói Quando Eu Rio

"Para os homens é mais difícil ficar sem sexo. Até dói, sabia?"

SYANG, cantora participante da *Casa dos Artistas 2*.

"Quando me casei, eu queria transar todo dia, porque achava que os bebês se formavam aos poucos, à medida que o casal fizesse amor."

MARIA DELLA COSTA, atriz, então com 76 anos.

"Eu não mostro o pirulito."

SUPLA, cantor, referindo-se ao ensaio fotográfico que fez para a revista *TPM*.

"Homem nu é ridículo."

FERNANDA YOUNG, escritora.

"Me inclua fora dessa."

RACHEL DE QUEIROZ, escritora brasileira, refugando a inscrição de seu nome para concorrer ao prêmio Nobel de Literatura.

"Chocolate é tão bom quanto um orgasmo."

BRITNEY SPEARS, cantora americana.

"Eu não acho que seja construtivo crescer tendo bilhões de dólares."

BILL GATES, o bilionário dono da Microsoft, garantindo que não vai deixar todo o seu dinheiro para os filhos.

"Calma, gente, são 74 anos de espera!"

HALLE BERRY, a primeira negra a ganhar um Oscar de melhor atriz em 74 anos de história do prêmio, reagindo aos pedidos para que encurtasse seu discurso.

"Na hora em que vi aquele negócio na minha frente, saí correndo pelo quarto."

MONIQUE EVANS, apresentadora de TV, falando de sua primeira experiência sexual.

"Prefiro ficar na minha fazenda conversando com as vacas, que não vão me fazer sempre as mesmas perguntas."

RUSSELL CROWE, ator australiano, reclamando das entrevistas que é obrigado a dar.

"Oh, Senhor, não deixe os brasileiros nos vencerem. Faça-os sentir medo. Tire o poder de Rivaldo e confunda Ronaldinho."

JEREMY FLETCHER, ministro da Igreja Anglicana, em oração antes do jogo do Brasil com a Inglaterrra.

"Ele é bonito mesmo e, ainda por cima, cheiroso."

RONALDO, craque da seleção brasileira, sobre David Beckham, o craque da Inglaterra, de quem ganhou a camisa.

"Nós fomos eleitos os dois mais feios da Copa!"

RONALDO, o jogador do ano pela Fifa, dirigindo-se a Ronaldinho Gaúcho.

"Esse drible é um dom que Deus me deu."

ROBINHO, 18 anos, grande estrela do Santos, que conquistou o Campeonato Brasileiro de 2002.

"É a exposição mais feia já vista em um museu de Nova York."

JERRY SALTZ, crítico do *Village Voice*, sobre a exposição Brazil: Body and Soul, apresentada no Museu Guggenheim.

"Quem pôs minhas músicas na internet vai me pagar. Se eu encontrá-los, vou dar porrada. São uns maricas."

EMINEM, o *rapper* branco, reclamando de *hackers* que colocaram músicas do disco na internet sem autorização.

"Minha mãe era uma cantora amadora; meu pai, um bêbado amador."

OZZY OSBOURNE, roqueiro, em sua autobiografia.

"Sou completamente doida, um caso perdido da veterinária universal."

ANGELA RO RO, cantora brasileira.

"É uma surpresa quando me olho no espelho. Se tirasse a cabeça, não me reconheceria."

DEBORAH SECCO, a garotinha das novelas da Globo, ao constatar que se transformou num mulherão.

"Eu não ligo a mínima para o cliente. Beleza e forma são meus objetivos."

OSCAR NIEMEYER, arquiteto brasileiro.

"A cabeça do malandro aqui voltou a ter um mínimo operacional."

HERBERT VIANNA, cantor e compositor do grupo Paralamas do Sucesso, voltando a cantar, depois do acidente de ultraleve que o deixou em coma durante dias e cuja recuperação foi considerada quase um milagre.

"Vou fazer 22 anos. Estou ficando velha."

GISELE BÜNDCHEN, *top model* brasileira.

"Nesta semana soube pela TV que eu estava grávida."

IVETE SANGALO, cantora que não estava grávida.

"Eu era uma grande bailarina. Mas só na minha cabeça."

GERALDINE CHAPLIN, atriz e filha de Charles Chaplin, sobre sua passagem pelo Royal Ballet Academy de Londres.

"Em nome da sobrevivência, gastei meu Shakespeare num monte de filmes ruins."

JOSÉ LEWGOY, ator, então com 80 anos.

"Dinheiro é como sexo, como comida. Tudo é manifestação de Deus."

MADONNA, *megastar* americana.

"Se antes esse sonho parecia uma heresia, agora é uma realidade."

PAULO COELHO, ao vencer a eleição para a Academia Brasileira de Letras.

"As argentinas bonitas são muito bonitas e as feias são muito feias."

ANTONIO BANDERAS, ator espanhol, marido da esticada Melanie Griffith.

"Tenho cara de tranquilo, mas sou um vulcão à beira da erupção."

REYNALDO GIANECCHINI, ator e modelo, que perdeu pedaços de quatro dentes numa cena de ciúme com Ana Paula Arosio, durante gravação da novela *Esperança*.

"Eu não tenho com que me preocupar a respeito de drogas com meus filhos. Eles olham para o Keith Richards e pensam: não!"

JERRY HALL, modelo e ex-mulher do stone Mick Jagger.

"Brad é o mais doce pateta do planeta."

JENNIFER ANISTON, atriz do seriado *Friends*, sobre o então marido, o galã Brad Pitt.

"Meu diretor me orientou a roubar lojas para fazer o papel."

WINONA RYDER, atriz americana, explicando que o roubo de 5 500 dólares em roupas que praticou na loja Saks era laboratório para compor uma personagem de seu próximo filme.

"Meu corpo é uma dádiva de Deus."

ELLEN ROCCHE, modelo, eleita a mulher mais sexy do mundo, segundo pesquisa feita entre brasileiros.

"Tom Cruise basicamente me tirou do sério. Eu me apaixonei enlouquecidamente, perdidamente."

NICOLE KIDMAN, atriz australiana, falando de seu ex-marido.

"Ouvi dizer que na América do Sul ainda existem comunistas. O que eu acho um charme. Como se nada tivesse acontecido."

DORIS LESSING, escritora inglesa.

"Ganhei porque os outros indicados já morreram."

HARRISON FORD, ator americano, ao receber o prêmio Cecil B. DeMille pelo conjunto da obra.

"Vejo com certa vergonha minha influência em alguns filmes espanhóis e americanos. Recomendo, sinceramente, que ninguém me imite."

PEDRO ALMODÓVAR, cineasta espanhol.

"Eu fui um menino asmático levado a acreditar que não conseguiria ser muita coisa na vida."

MARTIN SCORSESE, diretor de cinema americano, relembrando sua infância.

"Adolescentes são idiotas. Deveriam ser proibidos de comprar discos até os 16 anos."

NOEL GALLAGHER, líder da banda inglesa Oasis.

"Se eu tivesse de me descrever em três palavras, diria: um artista fracassado."

WOODY ALLEN, cineasta americano, em fase autocrítica.

"O mar tem muita água, mas o importante é que cada gota forme o todo."

YOKO ONO, viúva do beatle John Lennon, sobre a necessidade da união de todos pela paz mundial.

"Meu negócio é sexo, drogas e rock'n'roll, sabe? Mas, à medida que você envelhece, para com essas coisas de criança."

WHITNEY HOUSTON, cantora americana, confirmando na TV americana o consumo de maconha, cocaína e pílulas.

"Já traí, sim, porque acho que não podemos frustrar nossos sentimentos. A vida está aí para ser vivida e quero chegar aos 60 anos sem arrependimentos."

FERNANDA LIMA, apresentadora da MTV e modelo.

2003

O Brasil é de Lula e a guerra é de Saddam

Lula inicia seu reinado, o mundo elogia o Brasil e o Iraque é invadido

"Não aguento mais presidente latino-americano ficar jogando a culpa das desgraças do Terceiro Mundo no imperialismo. Isso é uma bobagem."

LUIZ INÁCIO LULA DA SILVA, presidente, em visita à Companhia Siderúrgica de Tubarão, no Espírito Santo.

"Tive de esperar nove meses para nascer. Depois, onze meses para andar. Depois, doze meses para aprender a falar papai e mamãe. Por que vou fazer as coisas com pressa?"

LULA, em discurso aos metalúrgicos do ABC paulista.

"A cabeça tem esse formato para que as ideias circulem."

LULA, ao justificar, para correspondentes estrangeiros, suas mudanças de posição depois que assumiu o governo.

"Você, Babá, sai no *Jornal Nacional* porque fala mal do governo. Se não falasse mal do governo, não sairia nem na *Gazeta do Pará*."

LULA, puxando a orelha do deputado dissidente (que acabou expulso) em reunião com a bancada do PT.

"O governo joga no nosso time."

JOÃO PEDRO STEDILE, dirigente do MST.

"Votamos no Lula, mas seu governo está caminhando a passos de jabuti."

SANDRA LA GUARDIA DE BRITO, coordenadora do movimento Terra Brasil, impaciente com o ritmo dos assentamentos no novo governo.

"Democraticamente, o governo deve baixar o pau contra a onda de invasões do MST."

RAUL JUNGMANN, ex-ministro do Desenvolvimento Agrário e deputado do PPS de Pernambuco.

"Prometo dar o pior de mim."

ARTHUR VIRGÍLIO, líder do PSDB, ao prometer "empenho" na votação da reforma da Previdência no Senado.

"O Brasil virou moda em Wall Street."

RICHARD LAPPER E RAYMOND COLITT, em artigo no jornal inglês *Financial Times*, mostrando a retomada da confiança no país.

"O meu antecessor, se não tivesse buscado a reeleição, teria saído do governo como um deus."

LULA, referindo-se a Fernando Henrique Cardoso.

"Temos de ser humildes. Deus é exagero."

FERNANDO HENRIQUE CARDOSO, ex-presidente, comentando a declaração do presidente Lula.

"O PT na oposição afirmava haver 54 milhões de indigentes. Em cinco meses de governo Lula, o número foi reduzido em 31 milhões. O ministro Antonio Palocci admitiu que são, de fato, 23 milhões."

RUY MARTINS ALTENFELDER SILVA, do Instituto Roberto Simonsen, ao mostrar como Lula reduziu na caneta a indigência brasileira.

"Lula sempre foi neoliberal."

FHC, para o ex-presidente mexicano Ernesto Zedillo, que lhe perguntou como conseguiu convencer o presidente Lula a manter a disciplina fiscal.

"O Palocci já é comparado ao Malan, o Zé Dirceu ao Sergio Motta e eu ao Serra. Se o Lula passar dez dias em Paris, tomar vinho e comer camembert no Quartier Latin, todos vão dizer que ele já é o novo FHC."

ALOIZIO MERCADANTE, senador (PT-SP).

"A oposição não ajudou a aprovar as reformas. E errou. O governo anterior deu uma grande contribuição à agenda do país."

MERCADANTE, reconhecendo os méritos do governo de FHC.

"Quando eu fui candidato a vice do Lula, ele bebia muito. Eu o alertava de que bebida destilada é perigosa. Ele não me ouviu e, segundo dizem, continua bebendo. A bebida ataca os neurônios e talvez esse seja um dos motivos que o têm levado a perder a capacidade de percepção das coisas."

LEONEL BRIZOLA, presidente do PDT.

"É uma reforma meia-sola."

JORGE BORNHAUSEN, presidente nacional do PFL, sobre a proposta de reforma tributária do governo.

"Se FHC foi uma mãe para os banqueiros, Lula já é quase uma tia."

ANTHONY GAROTINHO, secretário de Segurança do Rio e ex-governador do estado, em seu programa de rádio.

"O cidadão dá murro na mesa e diz assim: eu sou pobre! Como se pobre fosse sinônimo de ser honesto."

JOSÉ ALENCAR, vice-presidente.

“Estamos andando e ao mesmo tempo trocando de roupa.”

JOSÉ GRAZIANO, ministro da Segurança Alimentar, sobre as dificuldades para fazer o programa Fome Zero decolar.

“É perigoso trocar de roupa andando, porque podemos ficar pelados no meio do caminho.”

ROMERO JUCÁ, senador (PSDB-RR), respondendo ao ministro.

“Fui vítima de um estelionato eleitoral. Se me dissessem na campanha política: Lula fará a reforma da Previdência para retirar direitos dos juízes, eu não votaria nele.”

FRANCISCO FAUSTO, presidente do Tribunal Superior do Trabalho.

“Quero protestar contra os que dizem que o governo Lula é inoperante. Em oito meses, o presidente construiu uma churrasqueira no Palácio da Alvorada e está inaugurando seu escritório em São Paulo. Obras fundamentais para o desenvolvimento do Brasil.”

GEDDEL VIEIRA LIMA, deputado federal do PMDB baiano.

“A gente não pode deixar que o país vá para o beleléu.”

NEY SUASSUNA, senador (PMDB-PB), ex-ministro de FHC, justificando sua adesão ao governo Lula.

“Em São Paulo, invadiu, vai desinvadir.”

GERALDO ALCKMIN, governador de São Paulo, irritado com as invasões de terra promovidas pelo MST.

“O Brasil deve ter cuidado para que o espetáculo do crescimento não seja um voo de galinha.”

JULIO SERGIO GOMES DE ALMEIDA, economista do Instituto de Estudos para o Desenvolvimento Industrial.

"É um filme a que já assistimos antes. No final, nós morremos."

HORÁCIO LAFER PIVA, presidente da Fiesp, sobre a possibilidade de adiamento da reforma tributária.

Deu a Louca no Mundo

"Nós quebraremos o pescoço dos americanos no Iraque."

SADDAM HUSSEIN, fazendo bravatas ante o iminente ataque americano a seu país.

"Esse ditador não intimidará ou chantageará o mundo civilizado."

GEORGE W. BUSH, presidente dos EUA, dias antes de ordenar a invasão do Iraque.

"Não estou tendo dificuldade para dormir. Caio no sono assim que coloco a cabeça no travesseiro."

SADDAM HUSSEIN, ditador iraquiano, ainda botando banca.

"Eu não sei por que as pessoas se surpreendem com o fato de que a França não vai nos ajudar a tirar Saddam do Iraque. Afinal, a França não nos ajudou a tirar os alemães da França."

JAY LENO, apresentador de *talk-show* da rede NBC.

"Nossa avaliação inicial é que todos os americanos vão morrer."

MOHAMED SAID AL-SAHAF, o então ministro da Informação do Iraque, recusando-se a aceitar que seu país estava dominado.

"Se a América não existisse e a Europa dependesse da França, a maioria dos europeus hoje estaria falando alemão ou russo."

THOMAS L. FRIEDMAN, ensaísta americano, sobre a posição da França contra a guerra com o Iraque.

"Saddam Hussein não é mais uma má notícia. Ele é um pedaço de lixo esperando para ser coletado."

COLIN POWELL, secretário de Estado americano, sobre o ex-ditador iraquiano.

"A França bateu um recorde na II Guerra, com a rendição mais rápida de uma potência mundial."

PETER KING, deputado republicano dos Estados Unidos.

"Da última vez que a França pediu 'mais provas', elas vieram até Paris sob a bandeira alemã."

DAVID LETTERMAN, da rede americana CBS, ironizando a posição do governo francês, que para apoiar a guerra queria provas mais consistentes da existência de armas de destruição em massa no Iraque.

"Isso deveria ser a final do campeonato, não deveria? Onde está o outro time?"

MATT JAMIOLKOWSKI, cabo do Exército americano ouvido pela agência Reuters, decepcionado por chegar a Bagdá e não ter com quem lutar.

"Senhoras e senhores, nós o pegamos."

PAUL BREMER, administrador americano no Iraque, ao anunciar a captura de Saddam Hussein, preso "como um rato" dentro de um buraco cavado no chão.

Sexo Frágil

"Aos 12 anos, ouvi de um cara: 'Você é tão bonita... Pena que tenha a idade do uísque que eu bebo'."

DANIELA SARAHYBA, modelo.

"Eu me vejo sem maquiagem todo dia de manhã, e isso tira qualquer ilusão de me achar bonita."

HALLE BERRY, atriz americana, eleita a mulher mais sexy do mundo.

"Não sou feminista e não me importo com as mulheres. Elas têm o que merecem."

CHRISSIE HYNDE, cantora da banda Pretenders.

"Modéstia à parte, dirijo caminhão muito bem."

PATRÍCIA PILLAR, mulher do ministro da Integração Nacional, Ciro Gomes, e atriz que representou uma motorista no seriado *Carga pesada*, da Rede Globo.

"Tenho um saco para praticar boxe em casa. Dou porrada às vezes."

GISELE BÜNDCHEN, contando como faz para espantar o *stress*.

2004

Afasta de mim esse cálice

O presidente Lula bebe, o país conhece Waldomiro Diniz e o PT tenta controlar a imprensa

"Não sou nenhum alcoólatra, todos sabem que bebo prazerosamente. Bebo e fumo."

LUIZ INÁCIO LULA DA SILVA, presidente, respondendo aos que o acusavam de alcoolismo.

"Luiz Inácio Lula da Silva nunca escondeu seu apreço por um copo de cerveja, uma dose de uísque ou, melhor, um trago de cachaça, a potente aguardente do Brasil. Mas alguns de seus conterrâneos começaram a se perguntar se a predileção do presidente por bebidas fortes está afetando sua atuação no governo."

LARRY ROHTER, correspondente no Brasil do jornal americano *The New York Times*, em reportagem que provocou sua expulsão (depois suspensa) do país.

"Ainda bem que o governo Lula está dando errado. Se desse certo, iríamos todos para o paredão."

GEDDEL VIEIRA LIMA, deputado federal (PMDB-BA), comentando a decisão do governo de expulsar o correspondente Larry Rohter.

"Quem tem o PT não precisa de oposição."

AÉCIO NEVES, governador tucano de Minas, comentando as dificuldades do Planalto com sua própria bancada.

"O presidente não estava ali para falar de política, e sim para tomar cachaça e brincar."

ANSELMO ABREU, deputado federal (PT-RO), comentando a festa do 24º aniversário do PT, na casa do presidente da Câmara, o deputado João Paulo.

"Sempre que chegamos às vésperas da reunião do Copom tem gente que entra numa espécie de TPC, Tensão Pré-Copom."

LULA, dirigindo-se aos que criticam a política de juros do Banco Central.

"É como se houvesse o tempo todo uma torneira pingando e, em vez de trocar logo a torneira, todos tivessem tentado remendá-la com elástico ou com panos."

LULA, numa metáfora hidráulica sobre a política econômica dos governos anteriores.

"A semeadura foi feita, e a colheita virá. Jogar mais água do que o necessário, além de não apressar o crescimento da planta, pode matá-la."

LULA, condenando os que cobravam resultados mais imediatos da política econômica.

"Se você quiser sair na porrada eu topo!"

ANTONIO CARLOS MAGALHÃES, senador (PFL-BA), para o colega Almeida Lima (PDT-BA), com quem discutiu durante a votação que visava a restaurar 3500 vagas de vereador cortadas pelo TSE.

"Não vou descer ao nível proposto devido à sua condição de ancião."

ALMEIDA LIMA, respondendo ao senador ACM.

"Estou sendo chantageado."

WALDOMIRO DINIZ, ex-assessor da Casa Civil da Presidência da República, flagrado em vídeo pedindo propina.

"Este governo é incompetente. É preciso dizer claramente que o rei está nu."

FERNANDO HENRIQUE CARDOSO, ex-presidente, exortando os tucanos a bater duro na política social do governo Lula.

"Eu fui ao Gabão aprender como um presidente consegue ficar 37 anos no poder e ainda se candidatar à reeleição."

LULA, fazendo piada, depois de visitar o país africano governado pelo ditador Omar Bongo Ondimba.

"O que a gente não pode deixar é a inflação subir. É como quando um sujeito se descuida, exagera no churrasco e engorda 1 quilo no fim de semana. Para perder esse quilo, demora meses."

Sobre o controle da inflação.

"Ler é como ter uma esteira (ergométrica) no quarto. No começo, a gente tem preguiça de andar, mas depois que começa toma gosto pelo exercício e não quer parar mais."

Discursando na abertura da Bienal do Livro de São Paulo.

"Não somos tão ruins quanto nossos adversários apregoam nem tão bons quanto pensamos que somos."

Pregando humildade ao seu ministério.

"Deus pôs os pés aqui e falou: olha, aqui vai ter tudo. Agora, é só homens e mulheres terem juízo que as coisas vão dar certo."

Discursando na abertura da Expo Fome Zero, em São Paulo.

"A privatização foi um sucesso do ponto de vista do serviço. Fui um futurólogo de segunda categoria."

PEDRO JAIME ZILLER, presidente da Agência Nacional de Telecomunicações, ex-crítico da privatização.

"Lula persegue o modelo chinês. Lá os salários são de 20 dólares. É uma economia de zoológico. Tudo bem, as girafas são bem alimentadas, mas alguém quer ser girafa?"

CHICO DE OLIVEIRA, sociólogo, fundador do PT.

"O PT tem mais hora de CPI que urubu de voo."

ARTHUR VIRGÍLIO, líder do PSDB no Senado, que não via razão de os petistas temerem a CPI do caso Waldomiro Diniz, assessor corrupto do ministro José Dirceu.

"Quem o Roberto Freire pensa que é? O PPS não tem dono."

CIRO GOMES, ministro da Integração Nacional (PPS-CE), criticando o presidente de seu partido, que queria impedir sua bancada de votar com o governo.

"Sei que o PPS não tem dono, mas também não é a casa da mãe joana."

ROBERTO FREIRE, respondendo a Ciro.

"Vamos deixar um Brasil melhor para os nossos filhos."

JOÃO CARLOS DA ROCHA MATTOS, juiz preso na Operação Anaconda sob acusação de participar de uma quadrilha de venda de sentenças para traficantes, pedindo à Polícia Federal para ser ouvido.

O Último Tango

"O calote argentino não deve servir de exemplo a país algum do mundo. A Argentina sofreu desemprego, pobreza... O preço é muito alto."

ROBERTO LAVAGNA, ministro da Economia da Argentina.

"Não tenho medo de vocês. Escrevam o que quiserem."

NÉSTOR KIRCHNER, presidente argentino, respondendo aos jornalistas que o criticaram por continuar em férias durante a crise provocada por um incêndio que matou 187 jovens numa discoteca de Buenos Aires.

"A ocupação da França pela Alemanha não foi particularmente desumana."

JEAN-MARIE LE PEN, líder da Frente Nacional, organização de direita francesa, em entrevista ao semanário antissemita *Rivarol*.

"O problema básico não é o terrorismo em si, mas o totalitarismo. Terrorismo é só uma arma. A guerra não é contra o terrorismo, como a II Guerra Mundial não foi contra o camicasismo."

R. JAMES WOOLSEY, ex-diretor da CIA.

"A hora da diplomacia é agora. Nossa interação com o resto do mundo deve ser uma conversa, não um monólogo."

CONDOLEEZZA RICE, futura secretária de Estado dos EUA, caindo na real, ao falar no Senado.

"Durante a campanha, eu me perguntava se era a única pessoa no país que gostava tanto de George W. Bush quanto de John Kerry. São dois grandes homens que amam nosso país."

BILL CLINTON, ex-presidente americano, fazendo média com os adversários na inauguração de sua biblioteca presidencial, em Little Rock, no Arkansas, sua terra natal.

"Se Clinton estivesse no Titanic, o iceberg teria afundado."

GEORGE W. BUSH, presidente americano reeleito, presente à inauguração da biblioteca Clinton.

"Fui mais feliz do que os jovens da minha idade que viveram na velha União Soviética. A fama e o dinheiro me proporcionaram um artigo raro na época: a liberdade."

GARRY KASPAROV, enxadrista russo.

"Ele tem os lábios de um bebê, muito macios."

JEAN PETERSON, moradora de um projeto habitacional popular de Manchester, que saiu da multidão e tascou um beijo na boca do primeiro-ministro britânico Tony Blair.

"Encontramos as mãos do motorista suicida presas ao volante do carro-bomba e um exemplar do Alcorão queimado."

AMMAR ALANI, bombeiro de Hilla, no Iraque, onde um atentado matou 125 pessoas e feriu 150.

"A Síria e o Irã têm interesse em desestabilizar o Iraque. Se a experiência do Iraque do ponto de vista da democracia e da prosperidade der certo, vai aumentar muito a pressão sobre as ditaduras do mundo árabe."

KHALID AL-MAALY, escritor iraquiano.

"Não sou a favor do separatismo. O Tibete é parte da República Popular da China."

DALAI-LAMA, líder espiritual do Tibete, desistindo da luta pela independência.

"É uma tradição da Síria, faz parte da política deles. Desde os anos 1960, todos os opositores sírios do regime de Damasco foram assassinados. Depois eles começaram a eliminar os libaneses."

MICHEL AOUN, ex-premiê do Líbano, em entrevista ao jornal *Folha de S.Paulo*.

"Michael Moore tenta nos fazer acreditar que Bush é burro. Mas Bush não é tão burro nem Moore é tão inteligente."

JEAN-LUC GODARD, diretor de cinema francês.

Pé na Jaca

"Não perca nem mais um dia no frio. O dólar está forte e os meninos, quentes."

Do site americano **GAY TRAVEL**, exortando os internautas a migrar rapidamente para o verão carioca.

"Não quero saber de homens mais velhos. Eles são chatos, mal-humorados. Um tem problema de joelho, outro tem dor nas costas. Prefiro ser babá a ser enfermeira."

IVANA TRUMP, 55 anos, sobre seu namoro com o italiano Rossano Rubicondi, de 32.

"Fui nascida e criada no morro."

LILIBETH MONTEIRO DE CARVALHO, socialite carioca (que cresceu numa mansão no badalado Morro de Santa Tereza), justificando sua intimidade com os sambistas, no ensaio da Escola de Samba Acadêmicos da Rocinha.

"Há horas em que fico com muito tesão por mim mesma, em que me olho no espelho e penso: que delícia. Eu não preciso de ninguém, só de mim."

LETICIA SPILLER, atriz.

"Joguei em clube em que acabava o treino e o diretor aparecia no vestiário, cruzava os braços e ficava apreciando a cena de vinte homens pelados."

ALEX, jogador do Cruzeiro e da seleção, falando sobre a homossexualidade no futebol.

"É excitante ter Courtney Love como vizinha. Você abre o elevador e lá está ela, nua."

LENNY KRAVITZ, cantor, que mora no mesmo prédio que a viúva de Kurt Cobain

"Eu amo meus cabelos grisalhos. Na verdade, acho que meu rosto está melhor hoje do que quando eu tinha 30 anos."
GEORGE CLOONEY, ator americano.

"A música e o orgasmo são as duas coisas que mais aproximam a gente de Deus."
ERASMO CARLOS, cantor e compositor.

"A realidade era sexo, drogas e rock'n'roll. Eu preferia que fosse só rock'n'roll, mas o rock não existe sem drogas e sexo."
LUCINHA ARAÚJO, mãe de Cazuza, sobre a vida do filho.

"Digamos que sou o tipo de pessoa que carrega um monte de canudos, mas jamais toma *milk-shake.*"
MARILYN MANSON, andrógino roqueiro americano.

"Não vejo o orgasmo como um fim. Senão, o mais prático seria a masturbação. É mais rápido, garantido e não precisa conversar depois."
ANA PAULA AROSIO, atriz.

"Luciano, acho que seu nariz ganha do meu."
EMERSON FITTIPALDI, tricampeão brasileiro de Fórmula 1, para o apresentador Luciano Huck.

"Esquece a localização geográfica e brinca no mapa todo."
PENÉLOPE NOVA, apresentadora da MTV, respondendo a um rapaz que queria saber como localizar o ponto G na garota.

"Ele gosta de bufê. Eu prefiro *à la carte.*"
PAMELA ANDERSON, contando que rompeu com seu antigo namorado, Brett Michaels, porque o surpreendeu fazendo sexo grupal.

"Não sou paga para pensar."

LUCIANA GIMENEZ, apresentadora de TV, explicando por que não daria opinião num debate de seu programa.

"Nasci com cara de Barbie, né? Sou lourinha, de olho azul, peituda e filha de cantora famosa. Mas, se tiver de ficar careca e engordar 20 quilos, eu topo."

LUIZA POSSI, cantora.

"Depois de perder metade do meu peso, eu tinha carne caindo para todo lado. Fiquei com uns peitos que você só vê na *National Geographic*."

SHARON OSBOURNE, mulher do roqueiro Ozzy Osbourne, contando como ficou depois de uma operação de redução do estômago.

"Não quero ser uma daquelas atrizes com cara de menininha aos 90 anos. É preciso renunciar com elegância às coisas da juventude."

SHARON STONE, atriz, que posou, no esplendor de seus 46 anos, para a revista *Rolling Stone*.

"A vida é fantástica exatamente porque existe a morte. Se vivêssemos eternamente, acredito que tudo seria uma grande chatice."

PAULO AUTRAN, ator, aos 82 anos.

"Envelhecer é chato, mas a outra opção é morrer."

TONIA CARRERO, atriz, ao comemorar seus 82 anos em plena atividade.

"Ecstasy é muito bacana na hora. Quando você cai na real, é um saco. Sai espinha na cara, deprê. Prefiro água-de-coco, pegar onda, respirar fundo, fazer ioga."

FERNANDA LIMA, modelo.

"Durante seis anos, não nego que tomei um tipo de esteroide utilizado legalmente para cavalos, embora eu o considere muito forte até para os cavalos."

JOHN MCENROE, ex-número 1 do tênis.

"Só faz cirurgia plástica quem não se tolera. Eu me tolero."

IVO PITANGUY, cirurgião plástico.

"Ser considerada uma mulher bonita não me poupou de nada na vida. Amar tem sido difícil."

HALLE BERRY, atriz americana.

"Lá na clínica tem um cara que diz que é Napoleão e outro que pensa que é San Martin. Quando digo que sou o Maradona eles não acreditam."

MARADONA, o ex-craque argentino, falando da clínica em que estava internado para tratamento de dependência química.

2005

O ano em que Lula afundou

Dólar na cueca, o jipe do Silvinho e o Mensalão do carequinha Marcos Valério

"Diga ao Roberto Jefferson que sou solidário a ele. Parceria é parceria. Tem de ter solidariedade."

LUIZ INÁCIO LULA DA SILVA, presidente, em defesa do então aliado do PTB que, acusado de comandar um esquema de corrupção nos Correios, viria a se tornar o homem-bomba de seu governo.

"Nigéria e Brasil são os dois países com maior população afrodescendente do mundo."

Durante recepção ao presidente da Nigéria, o general Olusegun Obasanjo.

"O PT fez, do ponto de vista eleitoral, o que é feito no Brasil sistematicamente."

Sugerindo que o caixa dois não era nada de mais.

"Não posso admitir que companheiros, em nome da facilidade, comecem a terceirizar campanha financeira de um partido. Por isso eu acho que fui traído por todos os que fizeram essa prática condenada pelo PT e pela sociedade brasileira."

Mudando de opinião sobre o caixa dois, em entrevista ao programa *Roda Viva*.

"Eu me sinto traído."

Caindo na real, num discurso em cadeia nacional de TV, um dia depois de o marqueteiro Duda Mendonça confessar que recebeu dinheiro de caixa dois do PT em uma conta no exterior.

"Desde agosto de 2003, é voz corrente em cada canto desta Casa que o senhor Delúbio, com o conhecimento do senhor José Genoíno, tendo como pombo-correio o senhor Marcos Valério (...), repassa dinheiro a partidos que compõem a base de sustentação do governo, num negócio chamado Mensalão."

ROBERTO JEFFERSON, em seu primeiro depoimento ao Conselho de Ética.

"Sai daí, Zé! Sai rápido!"

Em depoimento ao Conselho de Ética. Cinquenta horas depois, o ministro-chefe da Casa Civil José Dirceu deixou o governo.

"Ninguém aqui é melhor que eu. Vou questionar um por um e vamos ver se as práticas daqueles que querem levantar a voz contra mim são diferentes."

Aos deputados da CPI dos Correios, em depoimento à comissão.

"É claro que o Lula sabia."

Em entrevista ao *Jornal do Brasil*.

"Carequinha, falante, fala em dinheiro assim como se fosse uma coisa que caísse do céu."

Descrevendo o publicitário Marcos Valério aos parlamentares do Conselho.

"Estou pronto para a briga. Também vou entrar no tapume."

LULA, querendo dizer tatame, numa confusão que o antropólogo Roberto DaMatta classificou de ato falho, já que tatame serve para enfrentar uma luta e tapume, para esconder alguma coisa.

"Esse foco já foi debelado. Matamos todas as reses. Já fizemos as barreiras nas fronteiras em que era preciso fazer. Eu acho que vamos mostrar ao mundo a eficácia e a ação do governo."

LULA, fazendo propaganda do governo no combate à febre aftosa, horas antes de o Ministério da Agricultura confirmar outros três focos da doença em Mato Grosso do Sul.

"Vocês não sabem o que é urucubaca."

LULA, querendo dizer que a oposição põe olho gordo em seu governo.

"A desgraça da mentira é que, ao contar a primeira, você passa a vida inteira contando mentira para justificar a primeira que contou."

LULA, pensando alto, numa entrevista de Paris.

"O esquema de PC Farias parece um chá de senhoras perto dos escândalos atuais."

JOSÉ SERRA, prefeito de São Paulo.

"O governo Lula é um caso para o Conar: começou com a propaganda enganosa de Duda Mendonça e vai terminar com a publicidade enganosa de Marcos Valério."

GEDDEL VIEIRA LIMA, deputado federal pelo PMDB-BA.

"Tenho fazendas, compro animais. Lido com gado. Há fazendeiros que simplesmente não aceitam cheque."

MARCOS VALÉRIO DE SOUZA, respondendo por que costumava fazer tantas e tão volumosas retiradas em dinheiro.

"Eu levaria o José Dirceu para o palanque, até porque nada foi provado contra ele."

LULA, seis dias depois de o ex--deputado e ministro ter o mandato cassado por acusação de comandar o esquema do Mensalão no Congresso.

"Olha para a minha cara para ver se eu estou preocupado."

LULA, respondendo a pergunta de jornalistas sobre se a criação da CPI dos Correios o preocupava, sem saber o quanto ela ainda iria preocupá-lo.

"Ninguém neste país tem mais autoridade moral e ética do que eu para fazer o que precisa ser feito."

LULA, na abertura de um congresso em Goiás.

"Neste país de 180 milhões de brasileiros, pode ter igual, mas não tem nem mulher nem homem que tenha coragem de me dar lição de ética, de moral e de honestidade."

LULA, em mais um discurso em homenagem a si mesmo, no Rio.

"Presidente, o Delúbio vai botar uma bomba debaixo da sua cadeira."

ROBERTO JEFFERSON, contando o que disse a Lula no dia em que conversou com ele sobre a existência do Mensalão.

"Foi como se ele recebesse uma facada. O presidente chorou, se levantou, me deu um abraço e me mandou embora. Vi um inocente desabar. Um homem de bem, simples, correto, que se sentiu traído."

JEFFERSON, contando qual teria sido a reação de Lula depois de lhe relatar o funcionamento do esquema do Mensalão.

"Ô revistinha! Ô revistinha!"

JEFFERSON, referindo-se a VEJA, cujas reportagens revelaram que ele comandava, nos Correios e no Instituto de Resseguros do Brasil (IRB), um esquema clandestino de arrecadação para o PTB.

"Tirei a roupa do rei. Mostrei ao Brasil o que é o governo Lula, mostrei ao Brasil o que é o Campo Majoritário do PT."

JEFFERSON, em sua defesa no plenário, antes de ter o mandato cassado.

"Eu estou presidente. Mas sou mesmo é dirigente sindical."

LULA, durante encontro com dirigentes trabalhistas.

"Se tem um governo que tem sido implacável no combate à corrupção, desde o primeiro dia, é o meu governo."

LULA, em pronunciamento à nação.

"É dinheiro de verduras que eu vendi na Ceagesp. Sou agricultor."

JOSÉ ADALBERTO VIEIRA DA SILVA, ex-assessor do deputado estadual José Nobre Guimarães (PT-CE), irmão de José Genoíno, preso com 200 000 reais em uma mala e 100 000 dólares na cueca.

"Ô Genoíííínoooooo! Cadê você, Genoíno?"

ROBERTO JEFFERSON, no Congresso, comentando o sumiço do ex-presidente do PT, que renunciou ao cargo depois que um assessor de seu irmão foi pego no aeroporto de Congonhas com dólares na cueca.

"O governo está morto. Nós estamos discutindo o que fazer com o corpo até 2006."

FERNANDO GABEIRA, deputado federal pelo PV-RJ.

"Eu sabia que ia ser cassado. Só não sabia que ia ser por esse número cabalístico. São os 300 picaretas do Lula mais os treze do PT."

JEFFERSON, em entrevista coletiva, após perder o mandato por 313 votos.

"Vossa Excelência provoca em mim os instintos mais primitivos."

JEFFERSON, dirigindo-se a José Dirceu, durante o depoimento do ex-ministro ao Conselho de Ética da Câmara.

"É um delírio totalitário, bolchevismo de décima categoria."

JOÃO UBALDO RIBEIRO, escritor, criticando a cartilha politicamente correta.

"Desencantado? Pelo contrário. Estou é encantado, porque estaremos livres dessa raça pelos próximos trinta anos."

JORGE BORNHAUSEN, senador (PFL-SC), referindo-se ao governo do PT, numa palestra em que lhe perguntaram se não estava desencantado com a situação política do país.

"Quem quer dar o golpe? Marcos Valério? Roberto Jefferson? José Dirceu? Cumprimos nosso dever de investigar e não vamos recuar."

JOSÉ AGRIPINO MAIA, senador (PFL-RN), em resposta a Lula, que declarou que seus adversários agiam da mesma maneira que os opositores do presidente venezuelano Hugo Chávez.

"Não é meu estilo fazer articulação para atrapalhar o governo. O governo se atrapalha sozinho."

FERNANDO HENRIQUE CARDOSO, ex-presidente da República, negando participação em alguma conspiração contra Lula.

"Sem levar em conta as consequências de meu ato, aceitei que César Oliveira, meu amigo pessoal, me presenteasse com um carro Defender."

SILVIO PEREIRA, o Silvinho, ex-secretário-geral do PT, tentando tapar o sol com a peneira. Na verdade, seu Land Rover foi presente da GDK, empresa que prestava serviços ao governo.

O Mundo Gira

"Não podemos manter Gaza para sempre. Mais de 1 milhão de palestinos vivem lá em condições únicas de superpopulação, em bolsões de ódio crescente."

ARIEL SHARON, primeiro-ministro israelense, sobre a retirada dos colonos da Faixa de Gaza.

"Eles receberão tratamento psicológico e médico. Para alguns, serão ministrados hormônios masculinos."

NAJM AL-SAYAR, coronel dos Emirados Árabes, explicando o que seria feito dos 26 homossexuais presos em um hotel ao participar de um casamento gay.

"Mexicanos dotados de grande dignidade, força de vontade e capacidade de trabalho estão executando tarefas que nem os pretos querem fazer nos Estados Unidos."

VICENTE FOX, presidente do México.

"Evidentemente, nesta situação, o Senhor não me escutou."

PAPA BENTO XVI, em audiência para peregrinos alemães, confessando ter rezado para não ser escolhido pontífice.

"Juro que vi um moedor do qual saía sangue, e tinha cabelo humano embaixo dele."

AHMED HASSAN, testemunha no julgamento de Saddam Hussein, relatando as torturas que sofreu e que viu nas cadeias do ditador.

"A Turquia será a China da Europa."

ABDULLAH GUL, ministro de Assuntos Exteriores da Turquia, animado com as negociações de adesão do país à União Europeia.

"É uma barbárie, horrível, medieval. Não posso me imaginar por um momento sequer cantando lá."

PAUL McCARTNEY, ex-beatle, revoltado com cenas de matança de cães e gatos num mercado chinês.

"Palocci é uma voz de força da razão na economia mundial."

JOHN SNOW, secretário do Tesouro dos Estados Unidos, elogiando o ministro da Fazenda, Antonio Palocci.

"Vocês têm de encontrar uma boa mulher. Nem muito inteligente nem muito burra. Nem muito velha nem muito nova. Meio-termo. Uma que saiba cozinhar e limpar."

SADDAM HUSSEIN, ex-ditador do Iraque, dando conselhos amorosos aos soldados americanos encarregados de vigiá-lo no cárcere, segundo reportagem da revista americana *GQ*.

"A única coisa que os britânicos fizeram pela agricultura europeia foi a vaca louca. Não dá para confiar em pessoas que têm uma cozinha tão ruim."

JACQUES CHIRAC, presidente francês, fazendo piada em conversa com o chanceler alemão, Gerhard Schroeder, e o presidente russo, Vladimir Putin.

"Eu sou vítima de estereótipos. Venho da América Latina e alguns acham que somos uns fracassados, uns narcotraficantes."

RICK MARTIN, cantor porto-riquenho e embaixador da Boa Vontade da ONU, durante a Conferência Anual das Crianças Árabes, em Aman, na Jordânia, oferecendo-se para ser o porta-voz dos árabes contra o preconceito.

"O conflito palestino-israelense terminou desde o momento em que Israel aceitou o estabelecimento de um Estado palestino. O que existe agora é um conflito entre o terrorismo e o antiterrorismo."

SHIMON PERES, ministro do Exterior de Israel.

"Cuba é um buraco negro da América Latina."

RICARDO TROTTI, diretor da Sociedade Interamericana de Imprensa, criticando a falta de liberdade de imprensa na ilha de Fidel.

"Não se meta comigo, cavalheiro, porque você sairá espinhado."

HUGO CHÁVEZ, presidente venezuelano, para Vicente Fox, presidente do México, que desde a cúpula de Mar del Prata criticava as posições venezuelanas.

"Se Chávez pensa que queremos assassiná-lo, deveríamos ir em frente. É muito mais barato do que lançar uma guerra."

PAT ROBERTSON, televangelista, propondo que o governo americano providenciasse a morte do presidente Hugo Chávez, da Venezuela.

Besteirol Sem Fim

"Tenho certeza de que Michael achou que eu era um homem travestido. A certa altura, ele pensou: tem algo errado aqui."

CATHERINE ZETA-JONES, atriz, dizendo que só depois de nove meses após o primeiro encontro com seu atual marido, o ator Michael Douglas, deixou que ele a beijasse.

"Nunca li um livro em minha vida. Não tenho tempo."

Ex-Spice Girl **VICTORIA BECKHAM.**

"Sou modesto no que diz respeito à criação e não o sou pessoalmente. Me acho melhor do que o Chico, o Milton e o Gil juntos."

CAETANO VELOSO, compositor, em momento Caetano Veloso.

"Eu não fumo, não bebo nem me drogo mais. Mas, com a sorte que eu tenho, um passarinho vai sujar na minha cabeça e eu vou pegar a gripe aviária a caminho de casa."

OZZY OSBOURNE, roqueiro inglês.

"Eu fingia que era alcoólatra. Em Hollywood, eles sempre contratam bêbados, mas não contratariam alguém com uma doença que eles não entendem."

KATHLEEN TURNER, atriz americana, que sofre de artrite reumatoide.

"O Pelé calado é um poeta. Dentro de campo, ele foi o nosso pai. Fora dele, tem de colocar um sapato na boca."

ROMÁRIO, em resposta ao Rei, que insinuou que estava na hora de ele parar de jogar.

"A partir de agora, vou abrir meu armário bem devagarinho. Sei lá o que posso encontrar..."

IVAN LJUBICIC, tenista croata, que, ao abrir seu armário no Nasdaq 100 Open, em Miami, encontrou em seu interior, totalmente nu, o colega francês Michael Llodra, que alegou estar ali para "pegar as energias positivas" de Ljubicic.

"Eu amo mulheres e as acho incrivelmente sexies. Amei várias no passado e dormi com elas."

ANGELINA JOLIE, atriz.

"Na minha vida hoje é tudo mais verdadeiro. Não busco nada. Quero apenas ser."

DEBORAH SECCO, atriz global, em momento existencialista.

"Eu não posso crer que este homem durma na mesma cama com menores 365 dias seguidos e não faça nada mais do que assistir a televisão e comer pipoca."

RAYMOND HULTMAN, membro do júri que inocentou Michael Jackson por falta de provas.

"E que diferença faz para o mundo uma vírgula separando um sujeito de um verbo?"

PAULO COELHO, escritor, defendendo sua gramática peculiar.

"Eu acho muito estranho que a cientologia incomode tanto as pessoas. Se isso faz Tom Cruise feliz, eu não ligo a mínima se ele reza por tartarugas."

MADONNA, cantora americana, que anunciou sua ida a Israel para o Chanuka, a Festa das Luzes.

"Eu adoraria dar um soco em Madonna. Ela é uma idiota, que uma hora gosta da cabala e outra hora é católica. Logo, logo ela vai virar adepta do hinduísmo!"

SHARON OSBOURNE, mulher do roqueiro Ozzy Osbourne.

2006

O ano em que a oncinha bebeu água

Sobrevivente da crise do Mensalão,
o presidente vai à forra, solta o verbo e se reelege

"Agora que o Brasil está preparadinho, ajeitadinho, eles querem comer o filé que colocamos na mesa. Não, vão ter de roer o osso, primeiro."

LUIZ INÁCIO LULA DA SILVA, presidente, falando da oposição.

"Minha mãe era pobre, mas era limpa."

LULA, dizendo que seu governo não empurraria a sujeira dos escândalos para baixo do tapete.

"Uma galinha, por mais que ela saiba que precisa botar ovo para ter mais pintinhos, ela bota um de cada vez."

LULA, na retomada das obras do metrô de Salvador.

"Dia 1º de outubro é dia de a onça beber água. Esta oncinha está com sede."

LULA, acreditando que a eleição já estava ganha no primeiro turno.

"Não venci porque não venci. Faltou voto."

LULA, um dia depois do primeiro turno da eleição.

"Faltam vinte dias para a oncinha beber água outra vez."

LULA, preparando-se para o segundo turno.

"Nunca soube de alguém que inaugurou remendo de buraco em três comícios."

MARCO ANTONIO VILLA, historiador, referindo-se aos comícios do presidente durante a operação tapa-buracos nas estradas federais.

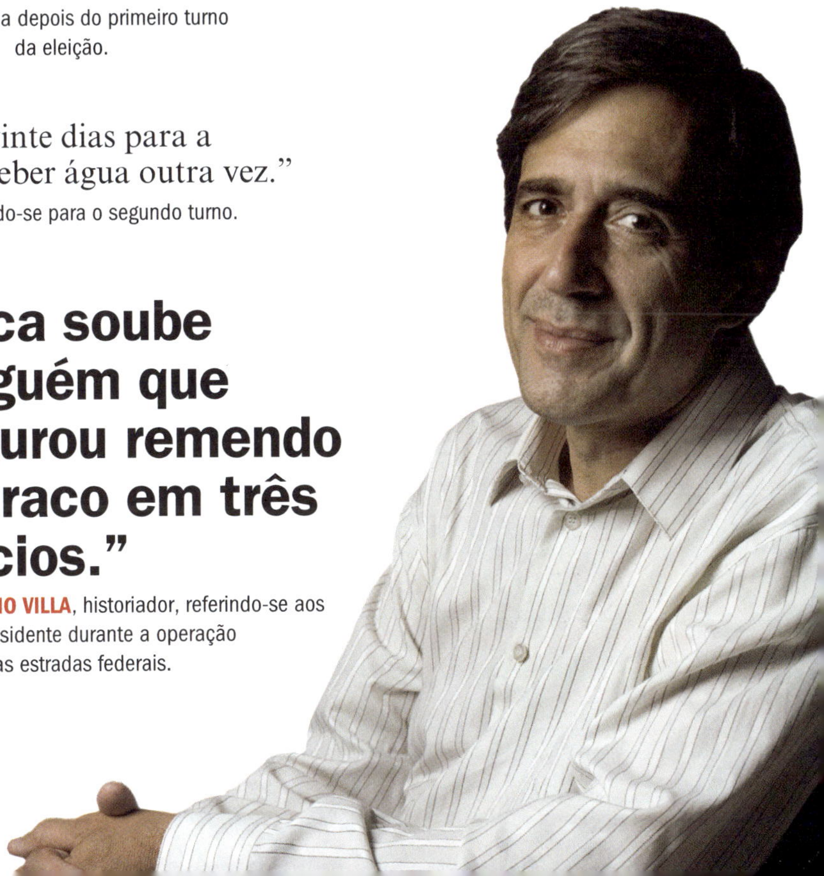

"Me dói ver o presidente da República dizer que todos são iguais. Iguais não! Eu não sou igual a ele! Eu não sou igual a ele! Eu não sou igual a ele!"

FERNANDO HENRIQUE CARDOSO, ex-presidente, tentando apimentar a campanha do "picolé de chuchu" Geraldo Alckmin.

"O Brasil vai crescer pra chuchu, nós vamos ter emprego pra chuchu, e vai ser um governo que é um chuchuzinho."

GERALDO ALCKMIN, governador de São Paulo, antes de o picolé de chuchu derreter.

"O Lula é a nova praga da agricultura."

JOÃO BATISTA MOTA, senador (PSDB-ES), atribuindo a crise no campo à política cambial e à tolerância do governo com as ações do MST.

"Quem faz isso faz qualquer coisa. A violação do sigilo tem caráter absolutamente ilícito, irregular e intolerável."

PAULO BROSSARD, ex-ministro da Justiça, sobre a quebra do sigilo bancário do caseiro Francenildo, escândalo que resultou na queda de Palocci.

"Está provado que o lado mais fraco não é o do simples caseiro. É o da mentira."

FRANCENILDO DOS SANTOS COSTA, o caseiro Nildo, pivô da crise que resultou na queda do ministro Palocci.

"O Okamotto parece ser o famoso tipo O: é doador universal."

RAFAEL GUERRA, médico e deputado federal (PSDB-MG), referindo-se a Paulo Okamotto, que pagou dívidas de Lula e de sua filha e doou recursos à campanha de Vicentinho à prefeitura de São Bernardo do Campo em 2004.

"Quem mandava eram Lula, Genoíno, Mercadante e José Dirceu. Eu não estava à altura desse time."

SILVIO PEREIRA, o Silvinho, ex-secretário-geral do PT, sobre o escândalo do Mensalão.

"O PT é um partido deveras interessante: começou com presos políticos e vai terminar com políticos presos."

JOELMIR BETING, jornalista.

"Homens e mulheres da Bolívia!"

LULA, dirigindo-se ao povo venezuelano.

"Quando a gente pensa que acabou, este governo volta a surpreender. Agora foram 11 milhões de reais que sumiram em uma publicação fajuta. É absolutamente horripilante."

TASSO JEREISSATI, presidente nacional do PSDB, comentando as cartilhas que o governo dizia ter entregue ao PT para distribuição e que o TCU desconfiava que nem tinham sido feitas.

"Me desculpem, mas a nossa massa encefálica é mais inteligente do que vocês pensam."

LULA, em Aracaju, irritado com manifestantes do PSTU que atrapalhavam seu discurso.

"Eles não sabem o que é ver a cabritinha que dá leite para os filhos morrer de sede."

LULA, ainda às voltas com o PSTU.

"Isso não é um simples comício, é uma aula de pós-graduação de sociologia política."

LULA, jactando-se de ter reunido no mesmo palanque no Pará os candidatos a governador do PT e do PMDB.

"Deputado, o senhor não sabia que 90% dos parlamentares recebem uma beirada nas emendas?"

O senador **NEY SUASSUNA** para o presidente da CPI dos Sanguessugas, tentando justificar seu envolvimento no caso.

"Cada um de vocês é uma célula do meu corpo, cada um de vocês é uma gota do meu sangue."

LULA, se igualando ao Cristo na comunhão, ao falar a eleitores de Goiânia.

"Não sei se conseguiremos fazer tudo o que precisamos. Se a gente não cumprir é porque teve fatores extraterrestres que não permitiram."

LULA, no Congresso Interamericano de Educação e Direitos Humanos.

"Nós temos um sonho de fazer com que o Mercosul possa representar da Terra do Fogo à Patagônia todos os países latino-americanos."

LULA, já reeleito, confinando o Mercosul à terra dos pinguins.

"A lambança derrotou a esperança."

CHICO ALENCAR, deputado federal (PSOL-RJ), sobre a coligação do PT com os partidos do Mensalão na disputa presidencial.

"Não quero mais ficar me comparando com o Fernando Henrique. Agora eu quero me comparar comigo mesmo."

LULA, sucessor de si mesmo.

"No ministério, o cachê dele aumentou, ele passa 80% do tempo fora do Brasil e as pessoas acham normal. Se ainda estivesse fazendo alguma coisa como ministro, mas não está fazendo p. nenhuma..."

LOBÃO, cantor e compositor, sobre o ministro da Cultura, Gilberto Gil.

"No PT há pessoas capazes de roubar, matar, caluniar e liquidar qualquer um que passe pela sua frente, ameaçando seu projeto de poder."

HELOÍSA HELENA, senadora (PSOL-AL), achando justas as preocupações de Silvinho Pereira, que dizia temer ser assassinado.

"É bom o Lula parar de usar a máquina, porque ele não é bom nisso. Já perdeu um dedo."

GEDDEL VIEIRA LIMA, deputado federal do PMDB baiano.

"Essa violência, esse destemor desses criminosos que invadiram a Casa do povo desse jeito, de alguma forma tem o estímulo, talvez, da própria impunidade que grassa hoje no país."

AÉCIO NEVES, governador de Minas Gerais, condenando a violenta invasão do Congresso Nacional pelos sem-terra.

"Tudo o que o PT disser do PSDB é verdade, e tudo o que o PSDB disser do PT também é verdade."

PEDRO SIMON, senador (PMDB-RS), então pré-candidato à sucessão presidencial.

"Está na hora de revisitar o barão do Rio Branco, antes que tenhamos de ver o governo brasileiro aplaudir Evo Morales por nos tomar de volta o Acre."

SEBASTIÃO DO REGO BARROS, embaixador, comentando as escaramuças do boliviano contra o Brasil.

As Bestas do Apocalipse

"Eu sou o decididor. Eu decido o que é melhor. E é melhor que Don Rumsfeld continue a ser secretário da Defesa."

GEORGE W. BUSH, presidente dos Estados Unidos, bancando seu secretário, que acabaria caindo, depois da derrota republicana nas eleições legislativas.

"Há várias formas para interpretar o que aconteceu, mas a mais clara é que os republicanos levaram uma surra."

TONY SNOW, porta-voz da Casa Branca, sobre a vitória democrata nas eleições legislativas dos EUA.

"Condoleezza Rice é uma mulher muito cruel, que sente falta de atenção masculina. Se não arrumou nenhum homem até agora, não vai arrumar mais."

VLADIMIR JIRINOVSKI, político russo ultranacionalista, sobre a secretária de Estado dos EUA.

"Preparem-se para o verdadeiro holocausto!"

CARTAZ portado por mulher muçulmana em Londres, em protesto contra charges do profeta Maomé publicadas na Dinamarca.

"O diabo esteve aqui ontem. Ainda está cheirando a enxofre."

HUGO CHÁVEZ, presidente da Venezuela, na ONU, onde o presidente americano havia falado no dia anterior.

"Fidel é um ator que criou um personagem para si próprio e construiu um país de mentira para os cubanos."

ANA FAYA, socióloga cubana da Fundação Canadense para as Américas, por ocasião de doença grave que tirou o ditador cubano de circulação.

"O presidente Lula pensa da seguinte forma: o que é meu é meu e o que é dos demais é negociável."

JACQUES CHIRAC, presidente francês, respondendo às pretensões comerciais brasileiras.

"Peço a todos os iraquianos, árabes e curdos, que sejam tolerantes, se perdoem e apertem as mãos."

SADDAM HUSSEIN, ex-ditador iraquiano, virando santo em sua volta ao tribunal para ser julgado por genocídio contra o povo curdo, dois dias depois de ter sido condenado à morte pelo assassinato de 148 árabes xiitas.

"Cuspir é um comportamento feio. Eu acho que esse é o tipo de coisa que só quem acabou de descer das árvores faz."

JAVIER CLEMENTE, técnico do Atlético de Bilbao, referindo-se ao atacante africano Samuel Eto'o, do Barcelona, que cuspiu no rosto de um jogador basco.

"A lei da gravidade é cruel com as mulheres e não dá para ficar parada."

PAOLA OLIVEIRA, a Giovana da novela *Belíssima*, que em 2006 enfrentou a esteira diariamente para manter a forma.

Assédio Moral

"Por muitos anos, esta foi minha vida e aproveitei cada momento dela. Deu-me emoções que não poderia viver em outra atividade e me deu lições que levarei para o resto da vida."

MICHAEL SCHUMACHER, despedindo-se das pistas aos 37 anos de idade, depois de vencer sete campeonatos de Fórmula 1.

"Calem a boca! Há cinquenta anos penduraríamos vocês de cabeça para baixo e lhes espetaríamos o rabo com a droga de um forcado."

MICHAEL RICHARDS, o amalucado Kramer do seriado *Seinfeld*, ofendendo dois jovens negros que perturbavam seu show em Los Angeles.

"Foi descoberto na América, por um grande médico, que eu tenho uma idade totalmente diferente da cronológica. Segundo ele, tenho 20 anos a menos."

ELZA SOARES, cantora brasileira.

"Da fruta que eu gosto, o Leonardo di Caprio come até o caroço. Sei disso porque boi preto conhece boi preto."

CLODOVIL, estilista brasileiro.

"Eu sou feito cachorro, é só passar a mão que eu abano o rabo."

IDEM, agora como deputado federal eleito, em visita à Câmara.

"Se nós tivéssemos feito mais dois gols no segundo tempo, teríamos vencido. Mas 'se'. Se meu pai tivesse dois seios, eu teria duas mães."

VIOLA, jogador do Juventus, depois da derrota por 4 a 3 para o Palmeiras.

"Não quero mais me ouvir. Se você me convidar para jantar e tocar uma de minhas gravações para me agradar, juro que vou embora."

LUCIANO PAVAROTTI, o tenor.

"Só deixem entrar as mulheres bonitas. Tirem as feias daqui."

Dos **SEGURANÇAS** dos Rolling Stones, na festinha de Mick Jagger, depois do show épico da banda, no Salão Nobre do Copacabana Palace, no Rio.

"Os alemães são fogo. Se tem um gato com gripe aviária, eles vão lá e matam todos os gatos. Se tem judeu atrapalhando, eles vão lá e matam todos os judeus."

FERNANDA ABREU, cantora, falando da garra da seleção alemã na Copa.

"Nunca achei que o vício do meu pai era algo anormal. Eu simplesmente pensava que tomar droga era uma coisa que os pais faziam."

JACK OSBOURNE, filho do roqueirossauro Ozzy Osbourne.

"Se você me perguntar por que eu gosto da noite, é simples: é que à noite você vê só o que quer. De dia, é obrigado a ver tudo."

ROMÁRIO, craque do Vasco.

"Qual a diferença entre uma estrela pop e um terrorista? Você pode negociar com um terrorista."

MADONNA, cantora americana.

"Por favor, não me peça opiniões políticas porque não me sinto qualificado para isso. No Brasil, as pessoas acham que os atores precisam ter opinião formada sobre tudo, até buraco de rua."

JOSÉ WILKER, que brilhou no papel de Juscelino Kubitschek no seriado da Globo.

"Se um cão farejador da polícia entrasse no Congresso, seu focinho ficaria destruído."

DANIELE CAPEZZONE, secretário-geral dos Radicais italianos, sobre o consumo de drogas entre políticos do país.

"Na China de Mao Tsé-tung eles não comiam bebezinhos, mas os ferviam para usar como fertilizante."

SILVIO BERLUSCONI, primeiro-ministro italiano.

"Tenha pena. Eu estou só com 38% de aprovação e você atira no único advogado dos Estados Unidos que gosta de mim."

GEORGE W. BUSH, presidente americano, fazendo piada com seu vice, Dick Cheney, que numa caçada acertou um tiro no advogado Harry Whittington, amigo do presidente.

"Adoro casaco de visom. Não estou nem aí se mataram o bichinho."

ÍRIS BRUZZI, atriz que teve o palco invadido e sua peça interrompida no teatro Leblon por ativistas do grupo Vegan Staff, de defesa dos animais.

2007

Lula, como nunca antes na história deste país...

O presidente enfrentou apagão aéreo e a crise econômica, o Capitão Nascimento pediu para o corrupto sair e Renan Calheiros sobreviveu ao escândalo e não saiu

"Eu fico imaginando que, se aceitar a diminuição da idade para 16 anos, amanhã vão pedir para 15, depois para 9, depois para 10, quem sabe algum dia queiram punir até um feto."

Presidente **LUIZ INÁCIO LULA DA SILVA**, sobre a redução da maioridade penal.

"Eu prefiro ser uma metamorfose ambulante."

LULA, citando música de Raul Seixas para explicar por que queria tanto a CPMF, tributo que combateu quando estava na oposição.

"Você não governa com principismo. Principismo você faz no partido quando pensa que não vai ganhar as eleições nunca."

LULA, explicando, mais uma vez, por que mudou de opinião sobre a CPMF.

"Popularidade é feito vento. Vira fácil de direção. Quem se deixa levar pelo vento é biruta."

ARTHUR VIRGÍLIO, líder do PSDB no Senado, desdenhando da popularidade do presidente, que não evitou a derrota na votação que derrubou a CPMF.

"É necessário caminhar mais para que Brasil e Estados Unidos cheguem 'ao ponto G' das negociações."

LULA, recebendo o colega George W. Bush.

"Machista alagoano, o bobo do Renan não fez vasectomia e dançou. Agora, foi se esconder debaixo da saia da mulher. Bobocas, cuidado com elas, nós somos 'gastosos', e não gostosos. Pelo menos, façam vasectomia. Eu já fiz."

ROBERTO JEFFERSON, presidente do PTB, depois do escândalo da filha de Renan Calheiros com a jornalista Mônica Veloso, que resultou no processo de sua cassação por ter utilizado recursos não declarados para pagar-lhe a pensão.

"Rapaz, para tirar o coco, não basta balançar o pé, que ele não cai. Quem quiser vai ter de subir no pé e retirar o coco com as próprias mãos."

RENAN CALHEIROS, sob risco de virar cocada.

"Ficou demonstrado ao país que houve o Mensalão. E foi praticado com a permissão clara do governo. A história de Lula dizer que não sabe nada é uma agressão à inteligência dos brasileiros."

SAULO RAMOS, jurista.

"O STF demoliu a propaganda governamental de que o Mensalão simplesmente não existiu."

JUTAHY JUNIOR, deputado federal (PSDB-BA).

"Posso lhe fazer uma pergunta indiscreta? Já chegou a revista da Mônica Veloso?"

EDUARDO SUPLICY, senador (PT-SP), para o dono de uma banca de jornais em São Paulo, procurando a edição da revista *Playboy* com as fotos de Mônica Veloso nua.

"Por essa quebra de decoro o Renan seria absolvido."

DEMÓSTENES TORRES, senador (DEM-GO), olhando a revista.

"Relaxa e goza!"

MARTA SUPLICY, ministra do Turismo, falando a viajantes irritados com a bagunça nos aeroportos.

"Relaxa e sai!"

Faixa dos **MANIFESTANTES** que protestavam contra o caos aéreo em São Paulo, respondendo à ministra.

"Mangabeira, sozinho, já pode ser um perigo. Liderando 100 pessoas, é ameaça à segurança nacional."

REINALDO AZEVEDO, blogueiro de VEJA, sobre o ministro Roberto Mangabeira Unger, da Secretaria Especial de Ações de Longo Prazo, que apelidou de Sealopra, levando o governo a mudar seu nome para Secretaria de Planejamento de Longo Prazo.

"A educação nacional, hoje em dia, só se distingue do crime organizado porque o crime é organizado."

OLAVO DE CARVALHO, filósofo.

"Todos os canalhas são desinibidos. Fere a autoestima do canalha saber que há pessoas honestas."

JEFFERSON PÉRES, senador (PDT-AM), relator da terceira representação contra Renan Calheiros no Conselho de Ética, respondendo aos que divulgaram dossiê com acusações infundadas contra ele.

"Os fatos são claríssimos. Membros de uma agremiação (PT) resolvem distribuir recursos a membros de outras agremiações. Tratativas acontecem e esses recursos são firmados sem registro. Se isso não caracteriza formação de quadrilha, teremos muita dificuldade daqui para a frente."

JOAQUIM BARBOSA, ministro relator do STF, ao aceitar a denúncia contra ex-presidentes do PP e do PR.

“É a prosperidade do país.”

GUIDO MANTEGA, ministro da Fazenda, atribuindo o caos aéreo ao enriquecimento das pessoas com o crescimento da economia.

“Nunca na história deste país, plagiando o Lula, se investiu tanto no peleguismo.”

JOSÉ CARLOS ALELUIA, deputado (DEM-BA), sobre os 500 milhões de reais que o imposto sindical rendeu às centrais sindicais.

“Minha expectativa é obter a condenação de todos os réus.”

ANTONIO FERNANDO DE SOUZA, procurador-geral da República, que afirmava ter mais provas contra os quarenta réus do Mensalão.

“Ô, arruma dois pau pra eu?”

VAVÁ, irmão do presidente Lula, em telefonema a um empresário de bingos, gravado pela Polícia Federal.

“Tem gente que miou. Entrou Lampião e saiu Maria Bonita.”

RENATO CASAGRANDE, senador (PSB-ES), um dos relatores do processo de cassação de Renan, insinuando que alguns colegas sucumbiram às pressões e absolveram o presidente do Senado.

“Crime tributário não é causa para quebra de decoro. Amanhã, isso pode ser usado contra os senhores. Porque muitos aqui têm problemas fiscais.”

FRANCISCO DORNELLES, senador (PP-RJ), defendendo “tecnicamente” a absolvição de Renan.

“Não é racismo quando um negro se insurge contra um branco. A reação de um negro de não querer conviver com um branco ou não gostar de um branco eu acho natural.”

MATILDE RIBEIRO, ministra da Secretaria Especial de Políticas de Promoção da Igualdade Racial.

Sinal de Alerta

"Não há motivo para comemorar nada. Che Guevara incorporou o pior da tradição da violência política na América Latina e acabou contribuindo para o subdesenvolvimento do continente."

ALVARO VARGAS LLOSA, pensador peruano, sobre os quarenta anos da morte de Che Guevara.

"Quando ouvi Fidel falar de seus princípios de solidariedade, tive vontade de chorar. Eu lhe disse: 'Comandante, o senhor não precisa convencer a Chávez, a mim e a outros líderes. Basta nos dar instruções'."

EVO MORALES, presidente boliviano, tietando o ditador cubano.

"Se a oligarquia boliviana derrubar Evo ou assassiná-lo, os venezuelanos não vão ficar de braços cruzados. Tenham muito cuidado, porque será o Vietnã das metralhadoras, o Vietnã da guerra."

HUGO CHÁVEZ, interferindo, mais uma vez, na política interna de um país vizinho.

"Temos a capacidade de lançar a 200 quilômetros de distância um presentinho para qualquer força estrangeira que se coloque no Caribe."

CHÁVEZ, confiando nos caças Sukhoi russos com os quais pretende enfrentar o demônio imperialista.

"Enfrentamos uma verdadeira emergência planetária. É um desafio moral e espiritual a toda a humanidade."

AL GORE, ex-vice-presidente americano, ao ganhar o prêmio Nobel da Paz.

"O senhor demonstra todos os sinais de um ditadorzinho cruel. Ao vir a um local como este, torna-se até ridículo. Negar o Holocausto faz o senhor parecer um tolo, analfabeto e ignorante."

LEE BOLLINGER, reitor da Universidade Columbia, dando as boas-vindas ao presidente do Irã, Mahmoud Ahmadinejad.

"Eu sou o único líder democrata do mundo."

VLADIMIR PUTIN, criticando o tratamento dado aos prisioneiros americanos da base de Guantánamo e a repressão na Europa aos manifestantes que protestaram contra o encontro do G8.

"Por qué no te callas?"

JUAN CARLOS, rei da Espanha, na cúpula ibero-americana, enquadrando o falastrão Chávez e expressando o sentimento geral.

"Se vocês estiverem interessados em evitar uma terceira guerra mundial, devem impedir que os iranianos obtenham conhecimento necessário para fabricar a arma nuclear."

GEORGE W. BUSH, presidente americano.

"O Irã conseguiu a tecnologia para produzir combustível nuclear e vai seguir esse caminho como um trem sem freio e sem marcha à ré."

MAHMOUD AHMADINEJAD, presidente iraniano.

"A deles foi uma vitória de m..., e a nossa derrota, uma derrota da coragem."

HUGO CHÁVEZ, presidente da Venezuela, reagindo mal à derrota no plebiscito em que pretendia assumir poderes absolutos.

Luzes, Câmera, Ação!

"A futura presidente da Argentina estaria boa com uma cerveja; a do Chile, com quatro; Hillary Clinton, com uma garrafa de tequila."

STEWART COPELAND, baterista do grupo britânico Police, sobre a presidente do Chile, Michelle Bachelet.

"Tem gente que não pode ver um bocão que já fala que não é de verdade. Sabe de onde vem essa boca? De minha bisavó materna, dona Sebastiana, que era mulata."

KARINA BACCHI, atriz e modelo.

"Parece que quando a gente casa o casamento se destrói."

ISABELI FONTANA, modelo, pouco antes de sua separação do ator Henri Castelli.

"Olhando para nossas equipes de futebol, pode ter quem não compreenda logo que elas são nossas, e não um time da África."

VLADIMIR PUTIN, presidente russo, falando dos jogadores estrangeiros que atuam em seu país.

“Pede para sair, Zero Um.”

CAPITÃO NASCIMENTO, personagem de Wagner Moura no filme *Tropa de elite*, tentando excluir um recruta do curso de formação do Bope. Até a torcida do Flamengo adotou a frase.

“Tá com medinho, Zero Um?”

CAPITÃO NASCIMENTO, para o mesmo recruta.

“O senhor é um fanfarrão!”

CAPITÃO NASCIMENTO, para Neto, o recruta Zero Seis, que queria dar à tropa dez minutos para comer.

“Na cara não, para não estragar o velório.”

Do personagem **BAIANO**, traficante de drogas, antes de levar um tiro de calibre 12 no rosto.

“Homem de preto, qual é sua missão? Entrar pela favela e deixar corpo no chão. Homem de preto, o que que você faz? Eu faço coisas que assustam Satanás.”

Refrão dos homens do **BOPE** que caiu na boca do povo por causa do filme.

“Sexo vende. Por isso aceito papéis que exploram a minha aparência. Mas vou mostrar ao mundo que sou boa atriz. Me aguardem!”

JESSICA ALBA, atriz americana.

"Carreira de modelo é como vida de atleta. Ocupa o corpo, mas esvazia a cabeça."

CARLA BRUNI, ex-modelo italiana.

"Eu olho e não vejo minha família. Cadê a negrada? Ligo a TV e saltam uns olhos azuis em cima de mim."

ELZA SOARES, cantora.

"Gosto de maconha. Minha melhor amiga, Sasha, é filha de Carl Sagan, o astrônomo. Ele era o maior maconheiro do mundo e era um gênio."

KIRSTEN DUNST, atriz americana.

"O juiz disse que eu, com meu corpo escultural e o rosto lindo, não merecia ter um pênalti marcado contra."

RAUL PLASSMANN, ex-goleiro do Flamengo, contando como foi favorecido por um árbitro que era doidinho por ele.

2008

O céu é o limite para Lula

Enquanto a crise assalta o Primeiro Mundo, o Brasil entra na moda, Fidel se afasta do poder, os EUA elegem um presidente negro e Lula fala pelos cotovelos

"O Brasil representa algo totalmente diferente, um país bem-sucedido com um futuro brilhante."

JOHN MCCAIN, então candidato republicano à Presidência dos EUA.

"Da mesma forma que a gente faz a reforma agrária na terra, vamos fazer uma reforma aquária, na água."

LUIZ INÁCIO LULA DA SILVA, presidente, ao transformar a Secretaria da Pesca em ministério.

"Quando a gente é oposição, é difícil aceitar que o governo dê certo. É uma desgraceira. Você não pode falar bem do governo, mas também não pode falar mal. Então você tem que futucar, tentar achar pelo em ovo."

LULA, "compreensivo" com o papel da oposição.

"Se fosse por importância econômica, seria melhor criar o Ministério da Banana, que movimenta 7 milhões de toneladas por ano."

JOSÉ ANÍBAL, deputado federal (PSDB-SP), criticando a criação do Ministério da Pesca.

"Se o mundo acabar, vai ter apagão. Se não chover nunca mais, também."

LULA, desdenhando o risco de racionamento de energia.

"Agora o rei está nu.
A roupa verde do presidente foi levada."

FRANK GUGGENHEIM, então diretor do Greenpeace, criticando a saída da ministra Marina Silva do Ministério do Meio Ambiente.

"O Minc já falou em uma semana mais do que a Marina falou em cinco anos e meio."

LULA, na posse do falastrão Carlos Minc no Ministério do Meio Ambiente.

"O etanol é como o colesterol. Há o bom etanol e o mau etanol. O bom etanol ajuda a despoluir o planeta e é competitivo. O mau etanol depende das gorduras dos subsídios."

LULA, em Roma, contrapondo nosso etanol, de cana, ao americano, de milho.

"Há uma evolução cstupenda, gente. Quem falava 'menas laranja' agora fala 'en passant'. Há uma evolução extraordinária."

LULA, em autoelogio ao seu aperfeiçoamento vocabular.

"Virei objeto de piadas. Entre outras bobagens, cansei de ouvir dizer que meu pijama foi comprado na rua 25 de Março."

CELSO PITTA, ex-prefeito de São Paulo, que queria processar o Estado por ter sido filmado de pijama e algemado ao ser preso na Operação Satiagraha, da Polícia Federal.

“Lula produz uma torrente de bobagens todos os dias.”

ARTHUR VIRGÍLIO, senador (PSDB-AM).

“Esse pessoal já mostrou que não pode ver cofre.”

HERÁCLITO FORTES, senador (DEM-PI), comentando o escândalo dos gastos com cartão corporativo por gente do governo federal.

“Este é o governo do emolumento e da burocracia, que é prima da lentidão, que é irmã da corrupção.”

ARTHUR VIRGÍLIO.

“Agora quero que se dane!”

GERALDO ALCKMIN, ao saber que o PSDB ia declarar-lhe apoio incondicional, no momento em que caía para o terceiro lugar na disputa pela prefeitura paulistana.

“O Brasil, gradualmente, caminha na direção de se transformar em um país normal, isto é, mais previsível e confiável, tendo deixado de lado as tentativas de reinventar a roda.”

PEDRO MALAN, ex-ministro da Fazenda.

“O Brasil é, de longe, o mercado emergente mais promissor.”

MARK MOBIUS, megainvestidor.

"Não é um exagero dizer que o Brasil está à beira do *status* de superpotência."

Do jornal inglês **FINANCIAL TIMES**.

"Começo a acreditar que Deus é realmente brasileiro."

WILLIAM RHODES, executivo-chefe do Citibank, comparando a situação bancária do Brasil com a dos EUA.

"É como um cofrinho. Você tem o seu salário e faz as suas despesas. No fim do mês, o que sobrar vai ser colocado em um cofrinho."

GUIDO MANTEGA, ministro da Fazenda, e seu fundo soberano.

"É a maior geladeira que já vi na vida."

LULA, em visita à Antártica.

"O Brasil é o único país do mundo onde as organizações não governamentais são sustentadas pelo governo."

DELFIM NETTO, ex-ministro da Fazenda.

"Quanto mais você prorroga um mandato, mais se aproxima da monarquia."

CARLOS AYRES BRITTO, ministro do STF, sobre um improvável terceiro mandato para Lula.

"Apoio branco é negócio para vagabundo, e os vagabundos já estão com o governo."

ROBERTO FREIRE, presidente do PPS, criticando a proposta de apoio informal dos tucanos à chapa PT-PSB em Belo Horizote, feita pelos governistas.

"Só faltou a dança do créu aqui no Senado hoje."

ROMEU TUMA (PTB-SP), senador, ao presidir uma sessão em que o bate-boca extrapolou os limites.

"Você vai ao médico detectar que você está com um tumorzinho aqui; ao invés de fazer biópsia e saber como vai tratar, você já sai dizendo que está com câncer."

LULA, fazendo pouco das denúncias de aumento do desmatamento na Amazônia.

"O dado publicado e compilado foi checado, rechecado e trechecado."

GILBERTO CÂMARA, diretor do Instituto de Pesquisas Espaciais, sobre a aceleração do desmatamento na Amazônia.

"Na Câmara há uma parte corrupta, uma que trabalha pouquinho e outra de matadores."

FERNANDO GABEIRA, então candidato a prefeito do Rio, falando do legislativo carioca.

Apocalipse Now!

"O essencial é saber o tamanho da besta."

JAVIER SANTISO, vice-diretor da OCDE, em Davos, referindo-se à crise econômica.

"Todos os que achavam que havia uma luz no fim do túnel agora se dão conta de que é uma locomotiva, que vem em sua direção."

PEER STEINBRUECK, ministro das Finanças da Alemanha, falando da crise financeira.

"E até agora não aconteceu nada com nosso querido Brasil."

LULA, otimista diante da crise americana.

"Que crise? Vai perguntar pro Bush!"

LULA, quando perguntado sobre a crise financeira.

"Graças a Deus, a crise americana não atravessou o Atlântico."

LULA, colocando mais uma vez os EUA na Europa.

"Aqui, se a crise chegar, vai ser só uma marolinha."

LULA, fazendo pouco dos efeitos da crise.

"Temos robustez suficiente para superar essa imensa fase de contágio com uma pequenininha gripe."

DILMA ROUSSEFF, ministra da Casa Civil, otimista, diante da crise mundial.

"Não estou certo do que vou fazer depois de deixar a Presidência. Al Gore ganhou um Oscar e um prêmio Nobel. Quem sabe eu poderia ganhar um prêmio. A loteria, por exemplo."

GEORGE W. BUSH, presidente dos EUA.

"O governo dá drogas aos negros, constrói grandes prisões e depois quer que cantemos 'Deus abençoe a América'. Não, não, não, Deus amaldiçoe a América!"

Frase do reverendo **JEREMIAH WRIGHT**, ex-mentor de Barack Obama, cujo radicalismo quase abalou a popularidade do pré-candidato democrata.

"Sim, nós podemos!"

BARACK OBAMA, pré-candidato à Presidência dos Estados Unidos.

"Nós estamos em estol. Nessa velocidade, qualquer coisa que sair errada te leva para o chão."

ALAN GREENSPAN, ex-presidente do Fed, sentindo o agravamento da crise.

"O castrismo desaparecerá da mesma forma que o stalinismo e o hitlerismo, movimentos que viraram fumaça depois da morte de seus criadores."

HÉCTOR PALACIOS RUIZ, dissidente cubano, após o afastamento de Fidel Castro do governo.

"Quem ouve os discursos de Obama pode até esquecer que esse homem já escreveu duas autobiografias, mas jamais aprovou uma lei."

SARAH PALIN, a vice na chapa de John McCain, mostrando que não era tão tolinha como pensavam.

"Se precisar, vai ter sangue. É preciso conter o comunismo e derrubar o governo desse índio infeliz."

JORGE CHÁVEZ, líder da oposição contra o governo de Evo Morales em Tarija, Bolívia.

"Já se escutam com força as trombetas da guerra."

FIDEL CASTRO, condenando o ataque colombiano aos guerrilheiros das Farc acampados no Equador.

"O Holocausto envergonha os alemães. Curvo-me diante de suas vítimas."

ANGELA MERKEL, chanceler alemã, em discurso no Parlamento israelense.

"Cheguei a acreditar que o meu sacrifício contribuía para a revolução"

ZOILAMÉRICA NARVÁEZ, abusada sexualmente desde os 11 anos e estuprada aos 15 pelo padrasto, o presidente da Nicarágua, Daniel Ortega.

"Um homem negro não ficaria muito tempo na posição de presidente dos Estados Unidos. Provavelmente o matariam."

DORIS LESSING, escritora britânica, Nobel de Literatura, quando soube da candidatura de Barack Obama.

"Quem me deu o nome do meio, Hussein, obviamente não imaginava que um dia eu concorreria à Presidência."

BARACK HUSSEIN OBAMA, já eleito presidente dos Estados Unidos.

"Muitos dos terroristas de ontem são hoje presidentes ou ministros na América do Sul."

LUCÍA PINOCHET HIRIART, filha do ditador chileno Augusto Pinochet.

"Obama é jovem, bonito e também bronzeado."

SILVIO BERLUSCONI, primeiro-ministro italiano.

"Só na América o garoto que nasceu no Havaí e a menina criada num subúrbio de Chicago podem chegar à Casa Branca."

MICHELLE OBAMA, mulher de Barack Obama.

Café com Bobagem

"Sexo não é problema para mim. Tenho um amigo só para isso."

NARCISA TAMBORINDEGUY, socialite carioca.

"O baiano toca berimbau porque só tem uma corda. Se tivesse mais, não conseguiria."

ANTÔNIO DANTAS, então coordenador do curso de medicina da Universidade Federal da Bahia, sobre o precário rendimento dos alunos da faculdade no Enade.

"As sanguessugas têm uma enzima. Quando elas mordem, liberam a enzima, que otimiza a saúde e desintoxica o sangue. São sanguessugas altamente treinadas."

DEMI MOORE, atriz americana, sobre uma de suas exóticas "terapias".

"Ser sexy não é só vestir roupa sexy e balançar o bumbum até ter uma displasia nos quadris."

HALLE BERRY, atriz americana, eleita pela revista *Esquire* a mulher mais sexy do mundo.

"Não foi fácil chegar ao casamento sem ter estado com uma mulher."

KAKÁ, craque do Milan, que se casou virgem.

"Não é que eu tenha tido muitos amantes, é que não os escondi."

CARLA BRUNI-SARKOZY, primeira-dama francesa.

“Eu adoro meus seios pequenos e faço questão de valorizá-los com decotes generosos.”

CAROLINA FERRAZ, atriz.

“Quando eu falei que gostava de tapinha, não sei o que as pessoas acharam, mas eu acho que 99% das mulheres gostam.”

NATÁLIA CASASSOLA, ex-BBB.

“Sou o primeiro, o segundo e o terceiro melhor do mundo.”

CRISTIANO RONALDO, antes de contar o primeiro, o segundo, o terceiro, o quarto, o quinto e o sexto gols da vitória de 6 a 2 do Brasil sobre a seleção de Portugal.

“A temperatura da Terra estará 8 graus mais alta daqui a quarenta anos e todas as plantações vão secar. A maioria das pessoas morrerá e o resto será canibal.”

TED TURNER, fundador da CNN.

“A ligação entre mim e Jörg era muito especial. Ele era o homem da minha vida.”

STEFAN PETZNER, líder da direitista Aliança para o Futuro da Áustria, revelando um relacionamento íntimo com Jörg Haider, o ex-líder do partido, morto em acidente de carro.

"Nosso projeto para o futuro é fazer um quarteto: eu e o Zezé cantando e duas enfermeiras segurando a gente."

LUCIANO, cantor, irmão de Zezé di Camargo.

"O sujeito acha que é amigo da natureza, dirige carro híbrido, doa dinheiro para o Greenpeace e recicla seu lixo, mas não se acanha de cheirar a Floresta Amazônica."

BARBARA GANCIA, jornalista, comentando a acusação de Francisco Santos Calderón, vice-presidente da Colômbia, de que a produção de coca estava destruindo a floresta.

"A vida é assim: complexa e bonita, como os travestis."

CAETANO VELOSO, sobre o *affair* do craque Ronaldo.

"Ser ator me pareceu uma boa maneira de ganhar dinheiro fácil."

JOHNNY DEPP, ator americano.

"Ficar atrás da Gisele Bündchen não é nada mau. Mas, sinceramente, estou me sentindo o Rubinho Barrichello."

SABRINA SATO, do *Pânico na TV*, que ficou em segundo lugar no concurso das 100 mulheres mais sexies do mundo da revista *Vip*.

"É uma lenda que a mulher trai menos. São vááááááários amantes. A diferença é que a mulher sabe fazer bem-feito, organiza tudo..."

PRISCILA FANTIN, atriz.

"Nunca tive domínio técnico bastante ou profundidade de ideias para fazer alguém pensar. Sou apenas um piadista da Broadway que teve muita sorte."

WOODY ALLEN, no livro *Conversas com Woody Allen*, do jornalista Eric Lax.

"Já cheirei chocolate, só para matar a vontade. Nas festas de aniversário, pedia para cortar o bolo e servir. Não comia, mas gostava de ficar perto da comida."

PAOLA OLIVEIRA, atriz.

"Sou uma garota resistente. Posso ficar uma semana sem tomar banho e convivo bem com isso."

CHARLIZE THERON, atriz sul-africana.

"Ronaldo ricattato dopo notte con viados."

Manchete do jornal italiano **CORRIERE DELLA SERA**.

"Eu sou salva pelos maquiadores!"

KEIRA KNIGHTLEY, atriz, negando que seja aquela beleza que todo mundo vê.

"Eu acho mulher grávida um bucho."

CAROLINA DIECKMANN, atriz, que na gravidez engordou 28 quilos.

"Quanto mais você se parece com um chimpanzé, mais precisa de líderes extraordinários, machos alfa e outros condutores de rebanho."

AUGUSTO DE FRANCO, autor do livro *Alfabetização democrática*.

"A ciência pega um monte de ratos e enche de margarina, o bicho morre entupido e conclui-se que a gordura trans faz mal."

EDMUNDO KLOTZ, presidente da Associação Brasileira das Indústrias da Alimentação.

"A maior importância da *nouvelle vague* foi nos ensinar tudo o que não deve ser feito no cinema."

CLAUDE LELOUCH, cineasta francês.

"Faço musculação, exercícios aeróbicos e rezo bastante!"

KIM BASINGER, atriz, dando a receita para manter-se em forma.

"Comemorar título de segunda divisão é como dar churrasco na laje para homenagear aquele primo que saiu da cadeia."

ANTONIO ROQUE CITADINI, conselheiro do Corinthians, campeão da Série B do Campeonato Brasileiro.

"Já abusei do sol, mas quando não existiam buracos na camada de ozônio."

CHRISTIANE TORLONI, atriz.

"Sempre achei todos os filmes de Glauber Rocha muito chatos. Enfim, para ser bem impressionista, uma m... mesmo."

MARCELO MADUREIRA, humorista do Casseta & Planeta.

"Jogador de futebol tem a melhor profissão do mundo: carros, roupas, mulheres, hotel cinco-estrelas. Mas, no meio e nos fins de semana, tem de saber o que fazer com aquele pedaço de couro."

RENATO GAÚCHO, técnico do Vasco, que caminhava para a segunda divisão.

"Estou tentando escrever uma autobiografia. Mas não me lembro nem de ontem."

KEITH RICHARDS, guitarrista dos Rolling Stones, cozido nas drogas dos anos 1960 e 70.

2009

Comigo ninguém pode

O fauno Berlusconi, escândalos no Senado, novo apagão e Lula falando como sempre

"Tem gente que não gosta do meu otimismo, mas eu sou corintiano, católico, brasileiro e ainda sou presidente do país. Como eu poderia não ser otimista?"

Do presidente **LUIZ INÁCIO LULA DA SILVA**, prevendo o crescimento da economia brasileira.

"Os ricos precisam pouco da gente. É coletar o lixo que está bom."

Dizendo que governa "para ajudar os pobres".

"Um país que acha petróleo a 6 000 metros pode achar avião a 2 000."

Sobre o avião da Air France que caiu no meio do oceano Atlântico.

"No Brasil, tem uma coisa interessante que vocês precisam conhecer. Apareceu alguém vendendo algo na porta de um brasileiro, ele sabe que é um turco que está vendendo."

Em um seminário com empresários turcos, que não acharam a menor graça.

"Uma gripe, num cabra mofino, ele fica de cama; num cabra macho, ele vai trabalhar e não perde uma hora de serviço."

Mostrando que crise e vírus se combatem com macheza.

“Quem mentir mais, quem enganar melhor, tem mais chance.”

JOSÉ MÚCIO MONTEIRO (PTB-PE), ministro das Relações Institucionais, criticando o sistema eleitoral brasileiro.

“Essa questão do clima é delicada por quê? Porque o mundo é redondo. Se o mundo fosse quadrado ou retangular...”

LULA, definindo o caráter global da questão climática.

“Se Jesus Cristo viesse para cá, e Judas tivesse a votação num partido qualquer, Jesus teria de chamar Judas para fazer coalizão.”

LULA, justificando a aliança com partidos fisiológicos.

“Essa crise não foi gerada por nenhum negro, índio ou pobre. Essa crise foi feita por gente branca, de olhos azuis.”

LULA, em coletiva ao lado do primeiro-ministro da Grã-Bretanha, Gordon Brown.

“Eu não conheço ninguém, a não ser a oposição, que tenha discordado da eleição do Irã. Por enquanto, é apenas uma coisa entre flamenguistas e vascaínos.”

LULA, comentando as acusações de fraude nas eleições iranianas.

“A olimpíada de português é muito importante para as crianças não falarem ‘menas laranjas’, como eu.”

LULA, no lançamento da pedra fundamental da Universidade Federal do ABC.

"O clima está tão pesado que não se consegue nem vender a alma ao diabo, porque tem gente oferecendo de graça."

WELLINGTON SALGADO (PMDB-MG), sobre a disputa no Senado.

"Eu não consigo ler muitas páginas por dia, dá sono. E vejo televisão; quanto mais bobagem, melhor."

LULA, em entrevista à Rádio Tupi do Rio.

"De vez em quando inventam uma briga entre Congresso e Executivo, Legislativo e Judiciário. Ninguém aqui é freira e santa, e não estamos em um convento."

LULA, minimizando os desentendimentos institucionais.

"Nós, humanos, temos um problema imenso. Infelizmente não controlamos chuva, vento, raio."

DILMA ROUSSEFF, ministra-chefe da Casa Civil, dizendo que o apagão caiu do céu.

"Apagão não cai do céu, apagão é não investir em geração e transmissão."

DILMA, contradizendo-se.

"Nunca antes na história deste país eu fiquei tanto tempo no escuro..."

FERNANDA PAES LEME, atriz, irritada com o apagão.

"Estão prometendo terreno na Lua."

TIÃO VIANA, senador (PT-AC), candidato à presidência do Senado, falando da negociação de cargos em troca de apoio.

"Isso é briga do PT e do PMDB para ver quem fica perto do cofre."

JARBAS VASCONCELOS, senador (PMDB-PE), sobre a disputa pelo controle do fundo de pensão de Furnas.

"Não sei por que agora resolveram tirar todos os esqueletos do armário."

JOSÉ SARNEY, presidente do Senado, apavorado com a sucessão de escândalos na Casa.

"O presidente Sarney tem duas escolhas: romper com essa gente ou cair com essa gente."

ARTHUR VIRGÍLIO, líder do PSDB no Senado, falando da sucessão de escândalos envolvendo o presidente da Casa.

"Dizem que Lula elege até poste. Será que elege poste apagado?"

RONALDO CAIADO, líder do DEM na Câmara dos Deputados, pegando carona no apagão para criticar o governo.

"Estamos sofrendo uma cupinização do Estado brasileiro."

FERNANDO HENRIQUE CARDOSO, ex-presidente da República, criticando a partidarização da máquina pública federal.

"Ela me perguntou se eu podia agilizar a fiscalização do filho do Sarney. Fui embora e não dei retorno. Acho que eles não queriam problema com o Sarney."

LINA MARIA VIEIRA, ex-secretária da Receita Federal, dizendo que a ministra Dilma Rousseff se meteu numa investigação da Receita envolvendo o filho do senador José Sarney.

"Esse ministro não tem moral para criticar os ruralistas. Ele tem ligação com o tráfico da Rocinha e do morro do Borel, tanto para se manter financeiramente quanto para o consumo."

RONALDO CAIADO, referindo-se ao ministro do Meio Ambiente, Carlos Minc, que chamara os empresários rurais de vigaristas.

"O problema do PMDB é que a cúpula se vende por quaisquer 2 000 réis e não quer chegar ao governo, quer pegar uns carguinhos."

PEDRO SIMON (PMDB-RS), senador.

"Jamais, em qualquer tempo, se viu um aparelhamento tão grande da máquina pública por um partido político, em desfavorecimento da população."

AÉCIO NEVES, governador de Minas Gerais.

"Perto do que eles fizeram com a Petrobras, o Mensalão foi bateção de carteira em estação de trem."

ARTHUR VIRGÍLIO, líder dos tucanos no Senado, criticando a atuação dos petistas na estatal.

"Estou me lixando para a opinião pública. Até porque parte dela não acredita no que vocês escrevem. Vocês batem, mas a gente se reelege."

SÉRGIO MORAES, deputado federal (PTB-RS), relator, ao inocentar o deputado Edmar Moreira, envolvido no escândalo do castelo milionário construído no interior de Minas.

"Acho engraçada a ideia de que um presidente enquadre o Senado. Os senadores são inquadráveis."

LULA, negando que tivesse interferido na crise em favor de Sarney.

"Gostaria que o nobre assessor se retirasse da bancada. Para minha tristeza, é um negro."

CARLOS SANTANA, deputado federal (PT-RJ), a um assessor que subsidiava parlamentares contrários à aprovação do Estatuto da Igualdade Racial.

"Este país está mudando, e Rondônia mudando mais rápido que nosso país."

DILMA ROUSSEFF, em Boa Vista, Roraima.

Sim, Ele Pode!

"Não acharia ruim ser ressuscitado por você."

SILVIO BERLUSCONI, primeiro-ministro italiano, paquerando uma médica que atendia vítimas de um tremor de terra na região de Abruzzo.

"Eu pisei na bola."

OBAMA, confessando o erro de ter nomeado para o alto escalão pessoas envolvidas em problemas com a Receita Federal.

"Há milhares de garotas bonitas e empreendedoras por aí. Não sou um santo, eu imagino que vocês já tenham entendido isso."

BERLUSCONI, ironizando a publicação de conversas picantes que manteve com uma prostituta de luxo.

"Posso apalpar um pouco a senhora?"

BERLUSCONI, dirigindo-se, agora, a uma voluntária, durante visita à região assolada pelo terremoto.

"Adoro esse cara."

OBAMA, dirigindo-se ao presidente Lula.

"Deixo uma herança de vergonha para minha família e para meus netos."

BERNARD L. MADOFF, financista americano, ao ser sentenciado a 150 anos de prisão por fraudes estimadas em 65 bilhões de dólares.

"Sou magrelo, mas isso não significa que não seja durão."

BARACK OBAMA, presidente americano, prometendo encarar a briga por reformas necessárias.

"Eu sou um líder internacional, o decano dos líderes árabes, o rei dos reis da África e o imã dos muçulmanos."

MUAMAR KADAFI, ditador da Líbia.

"Para acabar com os estupros, teríamos de ter tantos policiais quantas meninas bonitas. Não acho que conseguiríamos."

SILVIO BERLUSCONI, comentando uma onda de estupros em Roma.

"Mugabe, esta cúpula o apoia por sua luta anticolonialista. Este homem deu sua vida pelo Zimbábue."

HUGO CHÁVEZ, bajulando o ditador do Zimbábue, Robert Mugabe, há três décadas no poder.

"É uma imensa obra de bajulação ou de propaganda. Acho que é as duas coisas."

ROBERTO ROMANO, professor de ética da Unicamp, referindo-se ao filme *Lula, o filho do Brasil*.

"O ministro da Justiça disse umas cretinices."

FRANCESCO COSSIGA, ex-presidente da Itália, criticando o ministro Tarso Genro, que deu refúgio político ao terrorista italiano Cesare Battisti.

"Barack Obama foi eleito pelos Estados Unidos, mas foi escolhido por toda a humanidade."

SHIMON PERES, presidente de Israel.

"Perguntaram-me se era o deputado Herrero. Assim que disse sim, atiraram-se sobre mim. Um me segurou pelo pescoço, outro pelos braços, outro pela cintura."

LUIS HERRERO, deputado da União Europeia, expulso da Venezuela por denunciar irregularidades no referendo que deu a Hugo Chávez o direito de reeleição ilimitada.

"Os índios dentro da reserva têm quase o *status* de uma cutia."

ALDO REBELO, deputado federal (PCdoB-SP), contrário à demarcação que foi feita na reserva Raposa Serra do Sol.

O Grande Segredo

"A gripe suína é transmitida dos porquinhos para as pessoas, mas só quando eles espirram. Portanto, a providência elementar é não ficar perto de porquinho nenhum."

JOSÉ SERRA, governador de São Paulo, falando a crianças sobre o contágio da gripe A.

"Hoje eu não poderia mais ser modelo. Tenho aparência saudável."

CINDY CRAWFORD, ex-modelo americana.

"Estou muito contente em me filiar agora ao PSDB."

ROMÁRIO, ao filiar-se ao PSB.

"Aqui vocês não vão encontrar só índios. Aqui também tem gente bonita."

GEDEÃO AMORIM, secretário de Educação do Amazonas, falando a estudantes do Projeto Rondon.

"Pela primeira vez na vida posso dirigir legalmente. Então, tomem cuidado."

OZZY OSBOURNE, dinossauro do rock, que conseguiu sua licença para dirigir aos 60 anos, depois de dezoito reprovações.

"Foi tãããão divertido! O lugar é tão relaxante, tão calmo e bonito."

DAYANA MENDOZA, Miss Universo venezuelana, relatando visita à base militar e à prisão americana em Guantánamo.

"Eu, intencionalmente, causei o acidente, perdendo o controle do carro pouco antes da curva."

NELSINHO PIQUET, piloto brasileiro, confirmando que provocou o acidente no Grande Prêmio de Singapura de 2008 para favorecer seu companheiro Fernando Alonso.

"Meu grilo não é o meu parceiro sentir desejo por outra pessoa. É o fato de eu não saber. Eu quero me sentir incluída. A mina é massa? É gostosa? Me leva junto!"

PITTY, roqueira baiana.

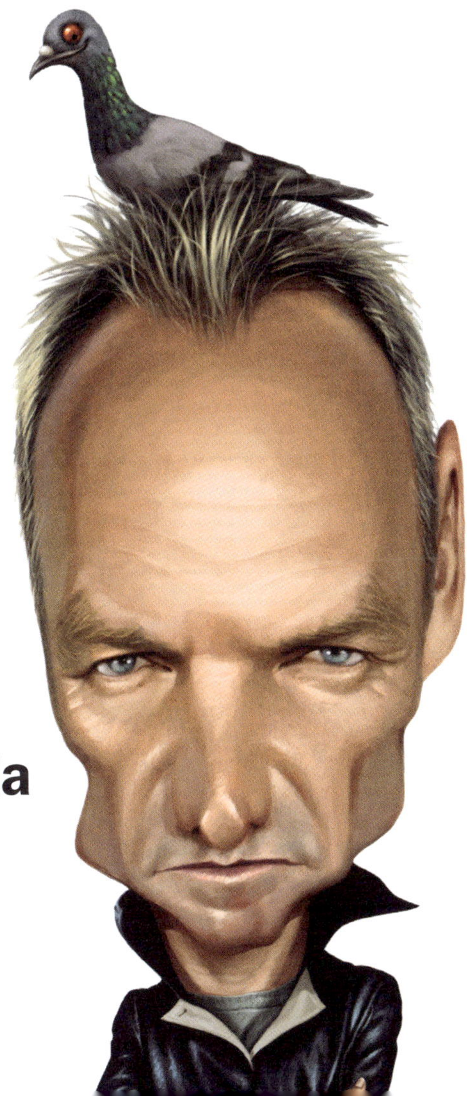

"Peguei três xícaras de chá de castanha-do-pará. Você vê que estamos usando um ingrediente nosso, da nossa fauna."

ANA MARIA BRAGA, apresentadora da Globo.

"Eu vivia me procurando. Saí de casa em busca de mim. Aí me achei, no teatro."

ISIS VALVERDE, atriz que encantou na novela *Caminho das Índias*.

"Não quero virar estátua na Times Square. Não quero pombos em cima da minha cabeça."

Do roqueiro **STING**, lixando-se para a posteridade.

“Creio que os brasileiros virão com um pouco de medo. E nós vamos comê-los dentro de campo.”

CARLITOS TEVEZ, craque da seleção argentina, antes do jogo entre as seleções em Rosário.

“Se Bill Gates tivesse nascido no Rio e começado seu negócio numa garagem, provavelmente estaria vendendo CDs piratas na avenida Rio Branco.”

EDUARDO GIANNETTI, economista, falando do ambiente de negócios no Brasil.

“Quando vou para o interior, converso com as pessoas e elas me dizem que na Globo só tem bicha e sapatão.”

BENEDITO RUY BARBOSA, autor de novelas da Globo.

“O Brasil já garantiu as três primeiras medalhas de ouro, prata e bronze: na modalidade de saltos orçamentais.”

MILTON NEVES, jornalista, sobre a escolha do Rio como sede dos Jogos Olímpicos de 2016.

“Eu me tornei uma pessoa polêmica da noite para o dia. Fui dormir Rihanna e acordei Britney Spears.”

Da cantora **RIHANNA**, falando da repercussão da surra que levou do ex-namorado Chris Brown.

"Eu acho que ser politicamente correto é ser hipócrita. Você não pode dizer que um anão é um cidadão verticalmente prejudicado."

AGUINALDO SILVA, autor de telenovelas.

"Todo mundo aqui é tão legal, generoso! E usa biquínis tão pequenos!"

VANESSA HUDGENS, a Gabriella de *High School Musical*, de passagem pelo Rio.

"Como os óvnis podem não existir? Eu conheço pessoas que já os viram, os carros pararam de funcionar quando eles apareceram."

KEANU REEVES, o alienígena do filme *O dia em que a Terra parou.*

"Esquecendo um pouco a modéstia, o momento do gol eu domino com perfeição."

RONALDO, o Fenômeno, que voltou ao país para ser campeão da Copa do Brasil e colocar o Corinthians na Libertadores.

"Para ser galã é preciso, inicialmente, de masculinidade, né? É preciso ser masculino. É preciso exalar masculinidade à primeira vista."

JOSÉ MAYER, o conquistador Marcos da novela *Viver a vida.*

2010

O ano que foi uma novela

Lula lança sua sucessora, jogo sujo na campanha eleitoral, ataques à liberdade de imprensa, enquanto lá fora a crise pega o euro de jeito

"Nós não fazemos distinção de que partido é o prefeito e o governador. Você não pode deixar de dar comida para um porco porque você não gosta do dono do porco."

Do presidente **LUIZ INÁCIO LULA DA SILVA** , na inauguração da primeira Unidade de Pronto Atendimento do Sistema Único de Saúde no estado de São Paulo.

"Eu tava visitando a UPA (Unidade de Pronto Atendimento), e eu quero dizer que ela tá tão bem organizada, ela tá tão bem estruturada que dá até vontade de a gente ficar doente para ser atendido aqui."

LULA, no Recife, antes de passar mal e ser atendido no Real Hospital Português de Beneficência, que é privado.

"Começaram a disputar o pirão antes mesmo da pescaria."

LULA, na coluna "O presidente responde", publicada em vários jornais, comentando a briga pelos *royalties* do petróleo.

"No exercício do poder, sou um cidadão, como diria, multinacional, multi-ideológico."

LULA, em entrevista ao jornal espanhol *El País*.

"Este governo, diferente da mulher de César, acha que nem precisa parecer honesto, porque sua popularidade justifica tudo. É lobo em pele de lobo."

KÁTIA ABREU, senadora (DEM-TO).

"Tem gente que ao invés de sentar na mesa pra negociar prefere mostrar: 'Eu tenho força, ou dá ou desce!'. Eu não sou assim. Comigo ninguém dá e todo mundo desce."

LULA, reagindo ao fracasso de sua diplomacia nuclear no Irã, assunto tomado a peito pelas potências Estados Unidos e Rússia.

"Eu vou continuar viajando até o dia 31 de dezembro, à meia-noite. Até lá, a festa é minha."

LULA, em Governador Valadares, Minas Gerais.

"Já vivi isso. Quando tinha de fazer campanha contra o Plano Real, o povo votava no real e eu me lasquei."

LULA, comparando a situação de Serra, que teve de lhe fazer oposição, com o tempo em que foi contra o plano que acabou com a espiral inflacionária no Brasil.

"O PAC não é programa, é colagem de obras. Tem coisas que são repetidas a cada PAC. Alguma coisa nessa marmita está requentada."

MARINA SILVA, então pré-candidata do PV à Presidência, falando do Programa de Aceleração do Crescimento 2, anunciado por Lula e Dilma Rousseff.

"Não sou daqueles que sofrem da síndrome de perseguição. Depois de oito anos no governo, você aprende a apanhar. É preciso levar umas pauladinhas."

DILMA ROUSSEFF, a escolhida por Lula para sucedê-lo, moderada diante das críticas à imprensa.

"Eu até queria continuar, mas democracia é isso. E é bom a troca de poder."

LULA, num tom de sinceridade.

"Com toda a sinceridade, eu preferia que este dia nunca tivesse chegado."

LULA, mostrando apego ao cargo, ao referir-se ao seu último aniversário, comemorado enquanto presidente.

"Ninguém que governe um país, um estado ou um município pode ser complacente com a ilegalidade. Invasão de terras, de centro de pesquisa, de prédios públicos é ilegalidade. E ilegalidade não é permitida."

DILMA, sinalizando contra os abusos do MST.

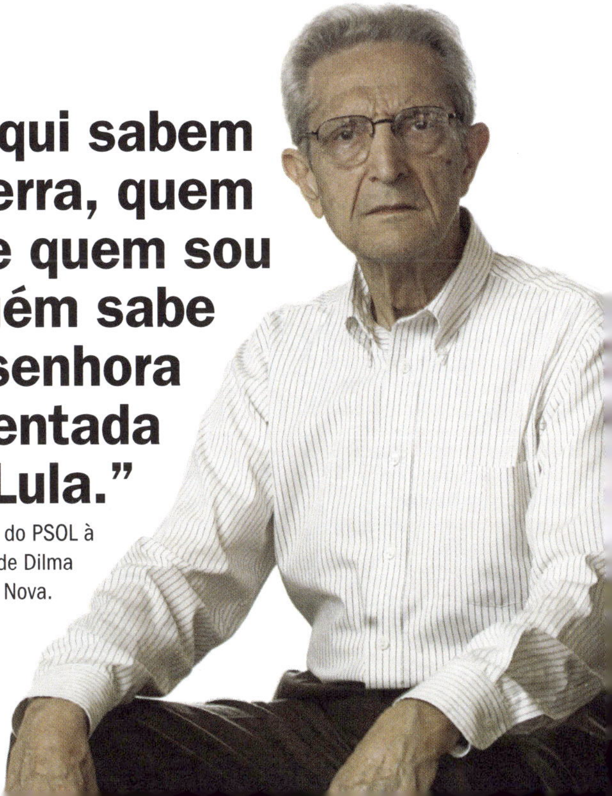

"Todos aqui sabem quem é o Serra, quem é a Marina e quem sou eu, mas ninguém sabe quem é esta senhora que foi inventada pelo Lula."

PLÍNIO DE ARRUDA SAMPAIO, candidato do PSOL à Presidência, reclamando da ausência de Dilma no debate da TV Canção Nova.

"Dilma Rousseff mente. Mentiu no passado sobre seu currículo e mente hoje sobre seus adversários. Usa a mentira como método."

SÉRGIO GUERRA, presidente do PSDB, em nota oficial do partido, jogando pesado na sucessão.

"Eu acho que tem hora que exageram um pouco comigo. Mas não vou falar que tem golpe midiático. O meu partido pode falar isso, mas eu sou uma pessoa que convive perfeitamente com a crítica."

DILMA, sem fazer coro com o movimento antiliberdade de imprensa.

"Estamos à beira do perigo de um governo autoritário, que vai passar por cima, como já está passando, da Constituição e das leis."

HÉLIO BICUDO, jurista, fundador do PT, reagindo às investidas do presidente e do PT contra a liberdade de imprensa.

"Tenho certeza de que, a partir da minha eleição, as meninas deste país terão os mesmos sonhos que os meninos."

DILMA, candidatíssima ao cargo.

"Vejo o Congresso Nacional como um bando de frouxos."

ZEZÉ DI CAMARGO, cantor e compositor.

"Quem manda no PMDB não tem o menor escrúpulo, nem ético, nem republicano, nem de compromisso público, nada. É um ajuntamento de assaltantes, na minha opinião."

CIRO GOMES, deputado federal.

"Tem um problema grave acontecendo. Se é político, é grave. Se não é político, é gravíssimo."

MARINA SILVA, candidata verde à sucessão de Lula, falando do vazamento de dados fiscais de tucanos e cidadãos comuns dos computadores da Receita.

"Não vou entrar nessa discussão nem que a vaca tussa."

MARTA SUPLICY, senadora eleita, fugindo da muito discutida questão do aborto.

"Mais do que tudo, eu sou a favor da vida."

DILMA, querendo afastar a ideia de que era favorável ao aborto.

"Eu vou cuidar como uma mãe do povo brasileiro."

DILMA, que já era a mãe do PAC.

"Não vamos mandar para lá a polícia apenas para bater. A polícia vai para lá para bater em quem tiver de bater e proteger quem tiver de proteger."

LULA, falando das Unidades de Polícia Pacificadora, que ocupam favelas cariocas.

"Precisamos extirpar o DEM da política brasileira."

LULA, fazendo uma campanha eleitoral sem "Lulinha paz e amor".

"Há quem chegue às maiores alturas só para cometer as maiores baixezas."

Do ministro **AYRES BRITTO**, do Supremo, ao negar *habeas corpus* ao governador do Distrito Federal, José Roberto Arruda, flagrado recebendo propina.

"A minha ficha é a mais limpa do Brasil."

PAULO MALUF, na convenção do PP.

"Já pedi aos meus guerreiros para prepararem a guerra. Não vamos deixar essa barragem ser construída. Vamos matar todos os brancos que construírem essa barragem."

Do cacique **RAONI**, falando, em entrevista à televisão francesa, contra a construção da usina de Belo Monte.

"Pelos sinais que eu vi, parece que, na ausência de discurso programático, vale chutar do peito para cima. O que eles (a oposição) não sabem é que eu sou capoeirista."

LULA, prometendo aposentar o "Lulinha paz e amor" na campanha eleitoral.

"Você acha republicano chamar ladrões de aloprados? Você acha republicano ter no quadro político mensaleiros declarados?... A corrupção tomou conta do governo."

Do príncipe **JOÃO HENRIQUE DE ORLÉANS E BRAGANÇA**, em entrevista ao *Diário de Pernambuco*.

"Aqui, eu fui morar na Vila Carioca, que dava enchente todo final de ano... Obviamente, eu gostava, porque eu não tinha de trabalhar."

LULA, no dia do aniversário de São Paulo.

"Vou ganhar a eleição. Anotem isso. Vocês estão falando com o próximo presidente do Brasil."

CIRO GOMES, deputado federal (PSB).

"Eu sou um ambientalista convicto, não apenas na teoria, mas na prática."

JOSÉ SERRA, o palmeirense, querendo ganhar o coração da verde Marina Silva.

Napoleão de Hospício

"Os Estados Unidos estão brincando de Deus. O terremoto no Haiti é claramente o resultado de um teste da Marinha dos EUA."

HUGO CHÁVEZ, presidente da Venezuela, dando a entender que a coisa estava preta na Venezuela e era preciso desviar a atenção do povo das desgraças locais produzidas pelo bolivarianismo.

"Esses jogos PlayStation ensinam a matar. Em um deles, colocaram a minha cara, e o objetivo era matar o Chávez."

CHÁVEZ, sintonizado com o mundo virtual.

"O lulismo, como forma de fazer política, só existe no Brasil, como a jabuticaba."

MARCO ANTONIO VILLA, professor do departamento de ciências sociais da UFSCar, explicando o fiasco da amadora diplomacia brasileira.

"Os esquálidos estão torcendo para que não chova. Mas vai chover mais, porque Deus é bolivariano."

CHÁVEZ, que enfrentava grave crise de energia.

"Se o euro fracassar, fracassam juntos o conceito de União Europeia e a própria Europa."

ANGELA MERKEL, chanceler alemã, ao ser reeleita líder da União Democrata-Cristã.

"Não minto, mas omito algumas coisas."

MANO MENEZES, técnico da seleção, estabelecendo como será sua relação com a imprensa.

"Proclamo o fim do mundo. O mundo inteiro será destruído durante este século. A Bíblia está cheia de erros. Eu escreverei a Bíblia perfeita."

MEHMET ALI AGCA, o homem que atirou no papa João Paulo II, em comunicado em que se assina o Eterno Messias.

"Eu tomava uísque puro ou gim-tônica antes do jantar, alguns copos de vinho, meia garrafa, durante a refeição... Senti que estava precisando da bebida como um apoio."

TONY BLAIR, ex-primeiro-ministro britânico, contando em seu livro de memórias como enfrentava a pressão do cargo.

"O frango que comemos está cheio de hormônios femininos. Por isso, os homens que comem frango têm desvios em sua masculinidade."

EVO MORALES, presidente da Bolívia, iluminando uma conferência sobre mudanças climáticas.

"Tanto em Cracóvia quanto no Vaticano, Karol Wojtyla se flagelava. Em seu armário, em meio a suas vestimentas, um tipo especial de cinto ficava pendurado num cabide, e ele o usava como açoite."

SLAWOMIR ODER, no livro *Por que um santo?*, em que defende a canonização do papa João Paulo II.

Café com Bobagem

"O cérebro é nossa grande zona erógena. Dependendo do dia, a gente acha o ponto G rapidinho."

INGRID GUIMARÃES, atriz.

"Quem nunca saiu na mão com a mulher?"

Do goleiro **BRUNO**, do Flamengo (que depois seria preso sob a acusação de ter mandado matar uma ex-namorada), minimizando a briga do colega Adriano com a noiva.

"Se eu tiver uma relação sexual com uma mulher, não significa que sou lésbica."

CAMERON DIAZ, atriz, em entrevista à edição americana da revista *Playboy*.

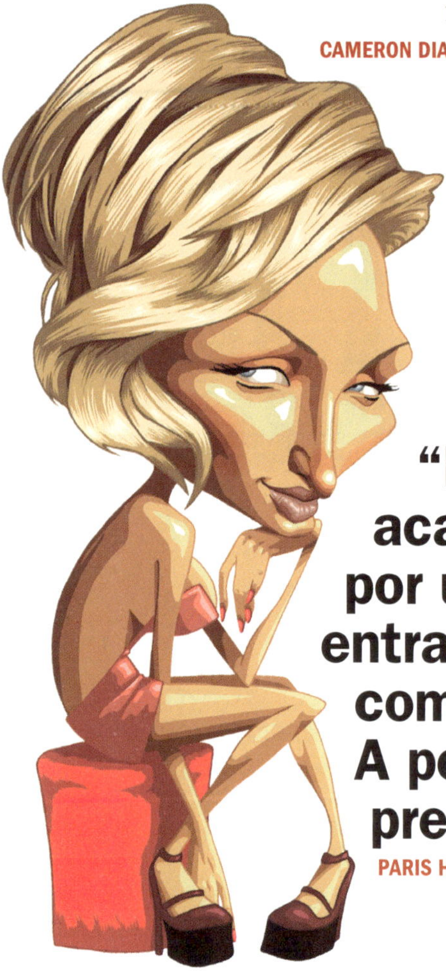

"Roman Polanski abusou sexualmente de mim da pior maneira possível, quando eu tinha apenas 16 anos."

CHARLOTTE LEWIS, atriz britânica, melando a defesa do polonês, que afirmava ser o caso de estupro pelo qual foi condenado nos EUA o único crime do cineasta.

"Foi tão assustador: acabo de ser acordada por um cara tentando entrar em minha casa com dois facões. A polícia está aqui prendendo o cara."

PARIS HILTON, no Twitter.

"Mulher não precisa de homem para ter filho. As mulheres estão percebendo que, se acham que chegou a hora, elas podem fazer isso com ou sem eles."

JENNIFER ANISTON, atriz americana.

"Não gosto de meninos. Eles me cansam! Não que eu seja lésbica, mas meu melhor amigo é um vibrador."

TAYLOR MOMSEN, atriz do seriado *Gossip Girl*.

"Comer carne de porco melhora a atividade sexual. É muito melhor comer um leitãozinho na grelha do que tomar Viagra."

CRISTINA KIRCHNER, presidente da Argentina.

"Nunca fui gay, mas estou quase virando."

LUIZA BRUNET, modelo, falando da falta de homens na praça.

"O ponto G depende da minha conta bancária. Se estou com o bolso cheio, elas têm prazer rapidinho."

DICRÓ, compositor e cantor.

"A segunda melhor coisa da vida é sexo. A primeira, sexo com amor. E a terceira... é sorvete."

ROBERTO CARLOS, o rei.

"O Dunga só chamou quem ele sabe que vai obedecê-lo, os alunos da primeira fileira. Não chamou os do fundão."

SABRINA SATO, em entrevista ao *Jornal da Tarde*.

"Nós acordamos de manhã e respiramos futebol. O futebol é a razão pela qual temos pés."

PIERRA KALALA, ex-jogador do Congo, falando da paixão do africano pelo esporte bretão.

"Meu pai não fala português, e minha mãe também não."

LUCAS, filho de Luciana Gimenez com Mick Jagger.

"Até os 15 anos, eu tive tudo o que quis. Depois dos 15, meu pai me colocou para... Eu não gosto nem de falar esta palavra mas, para trabalhar."

CHIQUINHO SCARPA, o eterno *playboy*.

"Scarlett beija muito bem."

SANDRA BULLOCK, atriz, sobre o beijo que deu em Scarlett Johansson no MTV Movie Awards.

"Nós éramos jovens, bonitos e tolos. Agora somos só tolos."

MICK JAGGER, líder dos Rolling Stones, comentando em Cannes o documentário sobre a gravação do clássico álbum *Exile on Main St.*

"Bloquear os rios pode provocar um ataque cardíaco ou um aneurisma na natureza."

JAMES CAMERON, diretor de *Avatar*.

"Fumei maconha uma vez, odiei. Tomei ayahuasca uma vez, odiei. Cheirei cocaína uma vez, odiei. Odeio drogas."

CAETANO VELOSO, respondendo à pergunta de um popular, no programa *CQC*.

"Toda vez que alguém vai ao banheiro e usa a descarga, dispara no ar todas as bactérias."

MEGAN FOX, a estrela de *Transformers*, que diz sofrer de transtorno obsessivo--compulsivo.

"Só entrei nesse negócio da moda para ganhar dinheiro."

ISABELI FONTANA, modelo.

"Lamento muito meu comportamento irresponsável e egoísta. Fui infiel, tive casos, traí. Trabalhei duro a vida inteira e achei que tinha o direito."

TIGER WOODS, golfista campeão, em sua primeira aparição após ter sido exposto numa série de escândalos sexuais.

"Eu brinco que meu segredo de beleza é um bifão bem suculento. Agora, falando sério, eu amo carne. Fui vegetariana por muito tempo e quase morri por causa disso."

ANGELINA JOLIE, atriz, para desespero dos simpatizantes da causa.

2011

País do carnaval, do futebol e da corrupção

No primeiro ano da presidenta Dilma, o ministério herdado de Lula ruiu e o Primeiro Mundo desabou

"O meu governo está diuturnamente, e até noturnamente, atento a todas as pressões inflacionárias, venham de onde vier."

Presidenta **DILMA ROUSSEFF**, prometendo atacar a inflação e nocauteando a língua portuguesa.

"Só não estuda quem não quer."

DILMA, em seu programa semanal de rádio, comemorando os 34 000 alunos que contrataram o crédito estudantil.

"Dilma Rousseff enfrenta o desafio de superar a herança maldita que seu padrinho parece ter-lhe deixado."

Do jornal argentino **LA NACIÓN**, sobre os escândalos que políticos herdados por Dilma da era Lula causavam ao seu governo.

"É como se você tivesse de escalar um Everest."

DILMA, falando a Ana Maria Braga sobre o desafio diário da Presidência.

"Discurso é igual a vestido. Não pode ser tão curto que escandalize nem tão longo que entristeça."

JOSÉ ALENCAR, ex-vice-presidente da República, ao receber a medalha 25 de Janeiro, no aniversário de São Paulo.

“A presidente Dilma está se achando superior ao movimento sindical. Queremos mostrar ao governo que temos força e precisamos ser ouvidos.”

ADEMIR LIMA DE OLIVEIRA, secretário jurídico do Sindicato Nacional dos Aeroportuários, que, estranhamente, ficou na encolha nos oito anos de governo Lula.

“Juro por Deus, ela nunca me deu bronca. Eu te juro que não, mas se não quiser acreditar... Sei que é difícil.”

FERNANDO HADDAD, ministro da Educação, ao sair de uma reunião com a presidente Dilma.

“A imprensa usa o termo ‘faxina’ só porque Dilma é mulher. Se fosse homem, seria ‘combate à corrupção’!”

Da deputada **JANDIRA FEGHALI** (PCdoB-RJ), numa demonstração pueril de feminismo.

“Tem dias que eu fico triste. Quando acontece alguma coisa errada no governo, eu fico triste.”

DILMA, inconformada com más notícias vindas do ministério.

“Dilma age como quer a maioria da cidadania: preserva a dignidade do cargo e afasta firmemente os de conduta frágil. Tudo isso é novidade.”

CLÁUDIO LEMBO, ex-governador de São Paulo, elogiando a firmeza da presidente diante dos acusados de corrupção.

"Há tempo pra tudo. Pra manga, pra pequi, pra tapar buraco."

Do prefeito de Palmas, **RAUL FILHO**, perguntado quando livraria a capital tocantinense da buraqueira.

"Como é que nós vamos dizer que Delúbio Soares não pode se filiar? Nenhum de nós tem condição moral ou política de dizer que ele não pode militar no PT."

Afirmação de **ANDRÉ VARGAS**, secretário de Comunicação do PT, falando da refiliação do tesoureiro do partido envolvido no escândalo do Mensalão.

"Nem de direita, nem de centro, nem de esquerda."

GILBERTO KASSAB, prefeito de São Paulo, falando da linha doutrinária de seu partido, o PSD.

"A educação liberta e torna a vida melhor, nos livra da ignorância, que é a condenação à vida difícil. Quem for nivelado por baixo terá a vida nivelada por baixo."

Do jornalista **ALEXANDRE GARCIA**, criticando livro adotado pelo MEC que considera correto falar errado.

"Só a paixão da vida pública me afasta do meu bem-estar social. Avalio a dimensão do sacrifício pessoal que estou fazendo."

JOSÉ SARNEY, ao ser eleito pela quarta vez presidente do Senado.

"O aparelho genital de cada pessoa é um plus, o superávit de vida (...). Corresponde a um ganho, um bônus, um regalo da natureza, e não a uma subtração, um ônus, um peso, um estorvo."

CARLOS AYRES BRITTO, ministro do Supremo Tribunal Federal, durante o julgamento que reconheceu a união estável entre homossexuais.

"Duas redes de varejo se casam e quem dá o presente é o contribuinte? Daqui a pouco o BNDES vai contribuir para a fusão de salões de beleza."

ALOYSIO NUNES FERREIRA, senador (PSDB-SP), criticando a participação do BNDES na fusão dos grupos Pão de Açúcar e Carrefour.

"O que falta é carinho, é atenção. Temos de ser o partido que se preocupa com as pessoas, com seu bem-estar."

FERNANDO HENRIQUE CARDOSO, propondo que os tucanos adotem o lema "Yes, we care" ("Sim, nós nos importamos").

"Cheguei até a ser coroinha, mas me expulsaram — roubava hóstia para comer."

JOSÉ DIRCEU, o chefão petista, em entrevista na *Folha de S. Paulo*.

"Eu não tenho medo da morte. Tenho medo da desonra."

JOSÉ ALENCAR, ex-vice-presidente do Brasil, em suas últimas entrevistas.

"Mas o importante é a fachada. Tem que ser uma coisa moderna que inspira confiança em relação ao tamanho das coisas que vocês estão fazendo."

FREDERICO COSTA, secretário executivo do Ministério do Turismo, em gravação da PF, orientando fornecedor a estabelecer empresa de fachada.

"Se vim para ajudar a promover o diálogo, saio agora para ajudar a preservá-lo."

De **ANTONIO PALOCCI**, no discurso de despedida do cargo de ministro-chefe da Casa Civil, diante de denúncias sobre a engorda de seu patrimônio em apenas quatro anos.

"Nelson Rodrigues dizia que, no seu tempo, os idiotas chegavam devagar e ficavam quietos. O que se percebe hoje, Fernando, é que os idiotas perderam a modéstia."

NELSON JOBIM, ministro da Defesa, durante homenagem ao ex-presidente Fernando Henrique Cardoso.

"Levei 1 milhão de reais em notas de 50 e 100. Parei do lado, desci, abri o porta-malas do carro, peguei o dinheiro. O motorista abriu o porta-malas do carro oficial. Fui eu quem botou com a ajuda do motorista."

Do motorista **CÉLIO SOARES**, em entrevista ao jornal *O Globo*, um dia antes da queda do ministro dos Esportes Orlando Silva, contando como teria lhe entregado dinheiro desviado de ONGs.

"Eu não sou lixo. O partido não é lixo. Os sete senadores do partido não são lixo."

ALFREDO NASCIMENTO, de volta ao Senado depois de defenestrado do Ministério dos Transportes por causa de um escândalo que cortou duas dezenas de cabeças.

"Não há como discordar. Afinal de contas, o lixo é reciclável."

JOSÉ CARLOS CORDEIRO FREIRE, leitor de VEJA.

"Neste momento, como disse Pablo Neruda em sua carta ao Partido, me sinto indestrutível, porque contigo, meu partido, não termino em mim mesmo."

ORLANDO SILVA, ministro do Esporte, em carta lida na abertura da 17ª Conferência do PC do B, quatro dias antes de ser exonerado do cargo.

Histórias Sem Fim

"How are your wife (Como vai sua esposa)?"

HUGO CHÁVEZ, presidente da Venezuela analfabeto em diversos idiomas, na posse de Dilma, perguntando a Hillary Clinton pelo marido dela, Bill.

"Não seria estranho que em Marte tivesse havido civilização, mas o capitalismo e o imperialismo chegaram lá e acabaram com tudo."

CHÁVEZ, recorrendo à sua visão cosmogônica.

"Tenho dois bons galos aqui no pátio, e eles já começaram a cantar. Um deles é enorme e se chama Fidel. O outro é agressivo e se chama Chávez."

CHÁVEZ, sem modéstia.

"Não importa o que uma agência pode dizer, nós sempre fomos e sempre seremos uma nação AAA."

BARACK OBAMA, presidente americano, diante do rebaixamento do país por agência de avaliação de risco.

"Eu já tenho quase 75 anos e, apesar de ser um patife, 33 garotas em dois meses me parece ser demais até mesmo para um homem de 30 anos."

SILVIO BERLUSCONI, primeiro-ministro italiano, referindo-se às acusações que lhe fazia a Justiça de Milão, incluindo programas com três dezenas de garotas.

"Por que o Irã fica dando credibilidade a essa tese absurda que contraria a lógica e os fatos?"

Do **PORTA-VOZ** da rede terrorista Al Qaeda, perdendo a paciência com o presidente iraniano Mahmoud Ahmadinejad, que insiste em atribuir à CIA e não à turma de Bin Laden a autoria dos atentados de 11 de setembro de 2001.

"Se eu o encontrar no inferno, eu o mato novamente."

LATIF YAHIA, dublê de Udai Hussein, que conta em livro como foi torturado para correr riscos no lugar do filho de Saddam Hussein.

"Abaixo o narcogoverno."

CARTAZ de manifestante contra o presidente boliviano Evo Morales, que anda às voltas com uma revolta indígena.

"A ideia de que o crescimento só pode ocorrer com mais dívida é uma ideia errada."

ANGELA MERKEL, chanceler alemã, descartando novos programas de estímulo econômico.

"Nós estamos a falar de alguém que é condenado por quatro assassinatos, não de alguém que foi preso por estar fazendo um passeio."

Do ministro do STF **GILMAR MENDES**, voto derrotado pela extradição do homicida italiano Cesare Battisti.

“O Mundial já é amanhã, mas os brasileiros pensam que será depois de amanhã.”

JOSEPH BLATTER, presidente da Fifa, criticando o ritmo das obras para o Mundial de futebol no Brasil.

“Com os Kirchner passamos a ter corrupção estrutural, com a ocupação do Estado para favorecer empresários amigos e prejudicar inimigos.”

Do jornalista **LUIS MAJUL**, autor do livro *O dono - A história secreta de Néstor Kirchner.*

“Há heróis que resistiram e caíram como mártires e nós também esperaremos o martírio.”

MUAMAR KADAFI, ex-ditador líbio, pouco antes de ser apeado do poder e martirizado por guerrilheiros opositores.

“Não sei o que Deus deve fazer para chamar a atenção dos políticos. Tivemos um terremoto, tivemos um furacão. Ele está dizendo: vão começar a me escutar?”

MICHELE BACHMANN, pré-candidata republicana à Presidência dos EUA, dizendo que o terremoto e o furacão que atingiram a Costa Leste do país foram avisos de Deus aos americanos.

“Assistirei ao meu próprio falso funeral, ao qual comparecerão minhas falsas ex-namoradas, na minha muito real sala de cinema com minhas muito reais garotas.”

CHARLIE SHEEN, falando da estreia da nova temporada de *Two and a Half Men*, seriado do qual foi a estrela principal durante anos.

“Nossa situação é bastante desesperadora.”

Do ministro da Economia da Grécia, **MICHALIS CHRYSSOHOIDIS**, diante da iminência de um calote na dívida do país.

Essa Doeu

"Sou flamenguista e corintiana desde que perdi minha virgindade na maternidade, quando caí sentada em cima de uma chupeta."

ÂNGELA BISMARCHI, madrinha de bateria da Nenê de Vila Matilde e musa da Mocidade Independente.

"A gente nem conhece as pessoas e já as prejulga. Eu quero tirar todos esses pres da minha vida: pre-ocupação, pre-julgar. O único pre que eu quero na minha vida é o pre-sente."

ELLEN ROCCHE, atriz da Globo, rainha da bateria da Porto da Pedra e da Rosas de Ouro.

"Há uma diferença entre o Hitler e o Stálin que precisa ser devidamente registrada. Ambos fuzilavam seus inimigos, mas o Stálin lia os livros antes de fuzilá-los."

Do ministro **FERNANDO HADDAD**, da Educação, lembrando um detalhe absolutamente irrelevante para quem recebia a bala na cabeça.

"Nunca fui a parquinho de diversões. Sempre tinha treino ou jogo."

NEYMAR, o craque do Santos, candidato ao título de melhor do mundo, chorando a infância perdida.

"Naquela época a gente não usava gelzinho nem brinquinho, porque tinha de ser macho."

PELÉ, BRINCANDO COM NEYMAR, ao dizer que já usava cabelo parecido com o do jovem atleta em 1958, mas sem exageros.

"Eu continuo ouvindo as vozes quando estou no palco. Elas estão sempre comigo. Dizem sempre as mesmas coisas negativas: 'Você vai morrer','É melhor se cuidar'."

BRIAN WILSON, o ex-líder da banda americana Beach Boys, falando das vozes em sua cabeça.

"Eu não levo a música muito a sério. Sei que ela não vai me ajudar a chegar ao céu, cara. Não vai me livrar da fornalha ardente."

BOB DYLAN, em entrevista feita em 1966 e divulgada só em 2011.

"Fui ameaçado de morte, mas por meninas de 10 anos de idade (risos). Vão me matar com chiclete envenenado? Envenenar meu Toddynho?"

BRUNO MAZZEO, detonado no Twitter por fazer piada com o sertanejo Luan Santana.

"Eu não sei onde vocês andaram botando a mão..."

RINGO STARR, no *Fantástico*, explicando por que cumprimenta as pessoas tocando cotovelo com cotovelo.

"Tem uma hora na vida de toda mulher em que ela precisa decidir se vai ser feliz ou se vai ser magra. Eu decidi ser magra. E nem paladar tenho mais."

NATALIE, personagem de Deborah Secco na novela *Insensato coração*, da Rede Globo.

"Não sou grosseira, mas gosto de contar piadas sujas e de falar palavrão. Não sou essa garota certinha que vocês imaginam."

JENNIFER ANISTON, atriz americana.

"Eu acabei dependente da bebida, pensando em curtir ainda mais as coisas boas."

DANIEL RADCLIFFE, o Harry Potter, contando que se afundou no álcool.

"Não tenho processador de textos. Não sou o tipo de pessoa que aprecia engenhocas. Twitter? Não faço ideia do que seja isso."

WOODY ALLEN, cineasta americano.

"Passei 31 anos casado, já entendi como é. Vivo muito bem sozinho."

ANTONIO FAGUNDES, ator.

"O Charlie Chaplin, hoje, no Brasil, seria preso na saída do estúdio. Imagine fazer uma cena incitando um garoto a jogar uma pedra na janela do vizinho! Ele seria acusado de formação de quadrilha e aliciamento de menores."

LUIS ERLANGER, diretor da Central Globo de Comunicação.

"Eu não tenho TOC. Tenho uma ou duas manias... a de desentortar quadros nas paredes e, se esbarrar em alguém de um lado, tenho que esbarrar do outro!"

JÔ SOARES, humorista e apresentador de TV.

"Nós ficamos plugados. Eles fizeram *download* de dados do meu cérebro."

SAMMY HAGAR, ex-vocalista da banda Van Halen, na MTV, sobre seu encontro com seres alienígenas.

"Passo tempo demais no computador e nem tanto tocando guitarra. Quando essa tela toma conta da sua vida, você está encrencado."

MICK JAGGER, confessando-se viciado no Facebook.

"Eu não estou grávida, apenas gosto de comer *fast-food.*"

KATY PERRY, cantora americana, justificando a barriguinha que gerou o boato.

"Periguete é que nem Facebook. Primeiro você curte, depois você cutuca e por último você compartilha com os amigos!"

IVALDO RODRIGUES, líder do PDT na Câmara de Vereadores de São Luís, no Maranhão.

"Para os pinguins me seguirem, eu tive de andar com pedaços de sardinha nos bolsos."

JIM CARREY, no Brasil para o lançamento do filme *Os pinguins do papai.*

"Sexo com Hefner durava dois segundos."

CRYSTAL HARRIS, ex-noiva de Hugh Hefner, o dono da *Playboy.*

"Meu pai usa roupas de garota — é tão engraçado! Às vezes eu olho para ele e penso 'que camisa bonita!', porque é do meu guarda-roupa."

LIV TYLER, atriz, sobre o estilo andrógino do pai, o roqueiro Steven Tyler, do Aerosmith.

"Eu não tenho medo de morrer. Tenho pena."

CHICO ANYSIO, humorista.

"Sou um pervertido. Ter um relacionamento monogâmico e estar satisfeito com isso é um tipo de perversão."

CAIO BLAT, ator.

"Quero urinar, quero urinar."

GÉRARD DEPARDIEU, ator francês, antes de fazer suas necessidades no corredor do avião, num voo Paris-Dublin.

"Não me lembro de ter ido para a cama sem estar apaixonada mesmo que a paixão só durasse uma noite."

GIOVANNA ANTONELLI, atriz.

"Leio a Bíblia de manhã e à noite e dou aulas de cristianismo."

ALICE COOPER, o ídolo do rock horror dos anos 1970, que agora joga golfe nas horas vagas.

"Precisamos aproveitar a energia das mulatas para produzir eletricidade para o planeta."

ARNOLD SCHWARZENEGGER, ator e ex-governador da Califórnia, em entrevista à revista *Alfa*.

"Sou do interior. Se comer só saladinha, fico doente. Fui criada com chouriço e buchada."

GRAZI MASSAFERA, modelo e atriz.

2012

Eleições municipais, crise na Europa e queda de vestais

No ano em que Sarkozy caiu do galho, os brasileiros descobriram que o santarrão do Senado era pecador

"Cabral afundou-se numa dupla contradição. Se a viagem era oficial, o que fazia o empreiteiro na farra? Se as relações eram pessoais, o que faziam secretários na farra?"

Do ex-prefeito do Rio **CESAR MAIA**, a respeito das festivas e muito, muito animadas fotos do governador Sérgio Cabral e seus secretários com Fernando Cavendish, da Delta Construções, em Paris.

"A oposição já é limitada, e esse episódio cria constrangimento e cala uma das vozes fortes da oposição."

Do líder do PSDB no Senado, **ALVARO DIAS**, falando do envolvimento do senador Demóstenes Torres (DEM-GO) com o empresário Carlos Augusto Ramos, o bicheiro Carlinhos Cachoeira.

"Vou quebrar. Agora virei leproso, né? Agora eu só tenho defeitos, eu sou bandido."

De **FERNANDO CAVENDISH**, dono da empreiteira Delta, suspeita de financiar as empresas do bicheiro Carlinhos Cachoeira.

"Não sei se terei a cara de pau de pedir votos novamente."

STEPAN NERCESSIAN, deputado federal (PPS-RJ), que recebeu 175 000 reais de Carlinhos Cachoeira, já pensando em renunciar.

"Eu não sou mais o Demóstenes."

Do senador **DEMÓSTENES TORRES** (DEM-GO), suspeito de receber dinheiro do bicheiro Carlinhos Cachoeira, para colegas de Senado.

“Eu assinei um papelzinho. Não era nada...”

JOSÉ SERRA, candidato a prefeito de São Paulo, referindo-se ao papel que assinou em 2004 dizendo que, se eleito prefeito da cidade, cumpriria o mandato até o fim, compromisso que rompeu para se candidatar ao governo do estado.

“Eu não sei nem colocar uma minhoca no anzol.”

MARCELO CRIVELLA, ao ser nomeado ministro da Pesca.

“Quando ser de esquerda dava cadeia, só alguns poucos assumiam essa posição. Agora, quando dá até emprego, todo mundo se diz de esquerda.”

FERREIRA GULLAR, poeta.

“Estamos na sexta eleição do século XXI e é a quinta de que Serra participará. Não vejo a surpresa disso.”

FERNANDO HADDAD, candidato do PT em São Paulo.

“Eu vou queimar viatura. Eu vou queimar duas carretas agora na Rio-Bahia, que não vai dar tempo.”

DAVID SALOMÃO, um dos líderes da greve da PM baiana, em conversa telefônica gravada com autorização da Justiça.

“Votar contra o governo é tão bom que não pode ser privilégio só da oposição.”

ALOYSIO NUNES, senador tucano, comentando a derrota do governo no Senado, que com votos da base aliada reprovou a indicação da presidente Dilma para a direção da Agência Nacional de Transportes Terrestres.

"Lave sua boca com álcool!... Safado... Cara de pau."

Do senador **MAGNO MALTA**, líder do PR, criticando o ministro Gilberto Carvalho, que teria dito que os evangélicos possuem uma visão de mundo controlada por pastores de TV.

"Luto pela magistratura séria, que não pode ser confundida nem misturada com meia dúzia de vagabundos infiltrados."

ELIANA CALMON, corregedora do Conselho Nacional de Justiça.

"Nós vamos ter uma escola do MIT (Instituto de Tecnologia de Massachusetts) no Brasil. Estamos iniciando todas as tratativas para poder concluir esse processo."

ALOIZIO MERCADANTE, ministro da Educação, fazendo promessas na viagem com Dilma aos Estados Unidos.

"O MIT não abre *campus* no exterior."

Nota da direção do **MIT** desmentindo imediatamente Mercadante.

"Faz sete meses que eu não falo."

Do ex-presidente **LULA**, em recuperação depois de tratamento contra um câncer na laringe, ao falar durante vinte minutos em encontro no Rio em torno das relações comerciais entre Brasil e África.

"É bom ter alguém no topo. Ayrton Senna sempre esteve no topo. O Brasil precisa de exemplos."

EIKE BATISTA, empresário brasileiro, que foi indicado como sétimo homem mais rico do mundo segundo a revista *Forbes*.

O Mundo Encolheu

"Esperamos que os presentes nesta sala reconheçam que mascar folha de coca é uma tradição milenar boliviana."

EVO MORALES, presidente boliviano, defendendo a legalização da coca, na Comissão de Narcóticos do Escritório das Nações Unidas sobre Drogas e Crime, em Viena.

"Eu respeito Fidel Castro. Sabe por quê? Um monte de gente tentou matá-lo nos últimos sessenta anos e ele continua lá."

OZZIE GUILLÉN, técnico do time de beisebol Miami Marlins, em entrevista à revista *Time*.

"Pensei em espanhol e saiu errado em inglês. Todos no mundo odeiam Fidel, inclusive eu."

O mesmo **GUILLÉN**, tentando se justificar após ser suspenso por cinco jogos por dizer bobagem.

"Volte a bordo! É uma ordem!"

Do comandante **GREGORIO MARIA DE FALCO**, da Capitania do Porto de Livorno, Itália, para Francesco Schettino, o capitão do navio Costa Concordia, que abandonou seu posto sem prestar socorro aos passageiros e tripulantes.

"Não seria estranho se eles tivessem desenvolvido a tecnologia para induzir o câncer e ninguém soubesse disso até agora."

HUGO CHÁVEZ, que já havia acusado a CIA de provocar o terremoto no Haiti, insinuando que a doença que atingiu Lula, Dilma, Cristina Kirchner, Fernando Lugo (Paraguai) e a ele poderia ter sido obra maquiavélica de cientistas americanos.

"O primeiro presidente gay."

Manchete da revista americana **NEWSWEEK**, depois que o presidente Barack Obama revelou ser a favor do casamento entre pessoas do mesmo sexo.

"Precisamos recriar uma aristocracia operária na Rússia."

VLADIMIR PUTIN, primeiro-ministro da Rússia, preocupado candidato à Presidência nas eleições de março, em artigo em que promete aumentar em 200% os salários dos professores universitários nos próximos anos.

"Temos pontos de convergência. Mas temos também vários pontos em que não convergimos. Não podemos acreditar que todo mundo é Joãozinho, o Joãozinho do passo certo. Não somos Joãozinho do passo certo. Nem do passo errado."

DILMA ROUSSEFF, em visita aos Estados Unidos, explicando que tem uma boa relação com Obama, mas sem alinhamento automático.

"Tenho em minha cabeça a imagem de Strauss-Kahn vestido só com uma camisa branca. Ele tinha tirado a calça e manteve quatro relações sexuais seguidas com uma garota a poucos metros de nós."

MADAME BÉA, cafetina, falando à revista *Vanity Fair* sobre a compulsão sexual do ex-homem forte do FMI.

"Eu defendo as crianças da República, você defende os privilegiados."

De **FRANÇOIS HOLLANDE**, candidato do Partido Socialista, em debate com Nicolas Sarkozy, presidente da França.

"Hollande quer menos ricos. Eu, menos pobres."

SARKOZY, respondendo a Hollande.

De Onde Sai Essa Gente?

"Ele me batia e depois dizia 'Deus te abençoe'."

NEYMAR, craque do Santos, caçado pelos zagueiros, referindo-se a Júnior Lopes, do Bragantino.

"Eu sou metrossexual, sim. Gosto de me cuidar. E o mundo é gay. Não o meu, não tenho nada contra, mas o mundo é gay."

Do lutador **ANDERSON SILVA**, campeão do MMA, no lançamento de sua biografia.

"Roubada foi fazer um programa do Serginho Groisman em que Zezé di Camargo e Luciano apresentavam oito novas duplas sertanejas. Tive de ouvir todas — e de graça!"

NELSON MOTTA, jornalista, compositor e produtor musical.

"Gosto de ver coisa ruim na TV."

PEDRO BIAL, apresentador do BBB.

"Então você assiste ao BBB."

JOSÉ BONIFÁCIO DE OLIVEIRA SOBRINHO, o Boni, cujo filho, Boninho, dirige o BBB.

"Eu não assisto porque não gosto de me ver. Mas, para domar o formato, tive de me despir da condição de jornalista e ser um Zé Mané junto com os outros."

PEDRO BIAL, dando nome aos que participam e assistem ao programa.

“Cachorros. Filhos da p...”

Da roqueira **RITA LEE**, no último show de sua carreira, em Sergipe, para os PMs que revistavam jovens diante do palco.

“Não tirei a roupa, mostrei a alma da personagem.”

De **CAMILA PITANGA**, tentando explicar sua cena de nudez no filme *Eu receberia as piores notícias dos seus lindos lábios*.

“Duas coisas que eu queria e não tive: ganhar a Mega-Sena e um jatinho Gulfstream, o mais bonito de todos. Só tive jatinho desses que todo mundo tem.”

CARMEM MAYRINK VEIGA, milionária carioca (nascida em São Paulo), na coluna de Lu Lacerda.

“Fiquei um pouco paranoica. É claro que fui jantar e comecei a pensar: ‘Todas essas pessoas viram minha...’. É terrível.”

Da atriz **SCARLETT JOHANSSON**, reclamando da divulgação de fotos em que aparece nua.

“Se eu tivesse alguma decência, compartilharia o prêmio com você, mas não tenho.”

CHRISTOPHER PLUMMER, 82 anos, ganhador do Oscar de melhor ator coadjuvante, dirigindo-se a Ewan McGregor, seu colega no filme *Toda forma de amor*, que lhe propiciou o prêmio.

“É só você pagar que eu canto. Não estou mais em idade de cantar de graça.”

NANA CAYMMI, em show no Rio, para um fã que pediu a ela para cantar mais.

O Século XX

100 anos de retórica

As grandes frases que marcaram o século mais agitado e de maior desenvolvimento da história da humanidade

"Eu tenho um sonho de que um dia meus quatro filhos vivam em uma nação onde não sejam julgados pela cor de sua pele, mas pelo seu caráter."

MARTIN LUTHER KING, líder americano da luta pelos direitos civis, em discurso durante a Marcha para Washington, em 1963.

"É um pequeno passo para o homem, mas um grande salto para a humanidade."

NEIL ARMSTRONG, o primeiro astronauta a pisar na superfície da Lua, em 1969.

"A Terra é azul."

YURI GAGÁRIN, cosmonauta soviético, o primeiro homem a ver o planeta do espaço, em 1961.

"No futuro, todas as pessoas serão famosas durante quinze minutos."

ANDY WARHOL, artista americano, pai do movimento pop.

"Hay que endurecerse, pero sin perder la ternura jamás."

ERNESTO CHE GUEVARA, guerrilheiro argentino e um dos líderes da revolução cubana. A frase teria sido proferida em 1967, ano de sua morte.

"Saio da vida para entrar na História."

GETÚLIO VARGAS, na carta-testamento encontrada ao lado de seu corpo, em 1954.

Desilusão

"Alguns juízes são absolutamente incorruptíveis. Ninguém consegue induzi-los a fazer justiça."

BERTOLT BRECHT, dramaturgo e poeta alemão.

"Como se pode governar um país que tem 246 espécies de queijo?"

CHARLES DE GAULLE, presidente da França, criticando o sistema político de seu país e defendendo eleições parlamentares diretas em 1962.

"Quando cheguei ao Congresso, queria fazer o bem. Hoje acho que o que dá para fazer é evitar o mal."

ROBERTO CAMPOS, economista, diplomata, membro da Academia Brasileira de Letras, senador e deputado federal de 1983 a 1999.

"A única matéria-prima da América Latina que mantém seu valor, ou sobe de preço constantemente, é a coca e seus derivados."

ALAN GARCÍA, presidente do Peru entre 1985 e 1990.

"O capitalismo é a crença mais estarrecedora de que o mais insignificante dos homens fará a mais insignificante das coisas para o bem de todos."

JOHN MAYNARD KEYNES, o economista mais influente do século.

"A política é como o show business: você tem uma estreia fantástica, desliza por algum tempo e termina num inferno."

RONALD REAGAN, presidente dos Estados Unidos entre 1981 e 1989.

Veneno

"Chaplin era um homem perverso. Sádico. Vi-o torturar seu filho Sydney, humilhá-lo, insultá-lo."

MARLON BRANDO, sobre Charles Chaplin, que o dirigiu no filme *A condessa de Hong Kong*, em 1966.

"Dirigir Marilyn Monroe era como dirigir Lassie."

OTTO PREMINGER, cineasta austríaco que comparou a capacidade de representar da atriz americana à da cadela que fez sucesso num seriado de TV.

"Não passei o Natal com eles porque chegaria num BMW e sairia num caixão."

PRINCESA DIANA, explicando, em 1995, sua ausência na ceia de Natal da família real.

"Num mundo inseguro existem apenas duas coisas em que se pode confiar: na insegurança da Itália e na de Mussolini."

ADOLF HITLER, líder nazista alemão, criticando o ditador italiano Benito Mussolini.

"Provavelmente mentiroso; e maluco, com certeza."

BENITO MUSSOLINI, respondendo a uma das provocações feitas pelo Führer.

"Nosso regime apoia-se em baionetas e sangue, não em eleições hipócritas."

FRANCISCO FRANCO, general que liderou a Guerra Civil Espanhola e se manteve no poder por 36 anos.

"A violência bem organizada parecia ser para ele a menor distância entre dois pontos."

LEON TRÓTSKI, referindo-se ao período de governo do ditador russo Josef Stálin em que pelo menos 20 milhões de pessoas morreram.

“Viver o mais intensamente, arriscar sempre. Se tivesse 100 anos para viver, eu ainda não teria tempo para fazer tudo o que quero fazer.”

JAMES DEAN, ator americano que morreu em 1955, aos 24 anos, em acidente automobilístico, no auge da carreira.

“Meu país perdeu duas guerras mundiais. Agora eu quero estar do lado de quem venceu.”

WERNHER VON BRAUN, engenheiro alemão idealizador do programa espacial americano, em 1945.

“Marcados nessas pedras você vai encontrar a dor de nossa luta, a tristeza de nossas perdas e os alicerces de nossa vitória.”

NELSON MANDELA, presidente da África do Sul, em visita à prisão da ilha Robben, em 1995, onde passou parte de seus 27 anos de cadeia.

“A democracia é a pior forma de governo, exceto todas as outras que têm sido tentadas de tempos em tempos.”

WINSTON CHURCHILL, primeiro-ministro inglês, um dos responsáveis pela vitória aliada sobre as tropas alemãs na II Guerra Mundial.

“Renunciando, eu impeço a mim mesmo.”

RICHARD NIXON, presidente americano, em 1974, ao anunciar que deixava o governo depois do escândalo Watergate.

“Quero que me esqueçam.”

JOÃO BAPTISTA FIGUEIREDO, presidente do Brasil entre 1979 e 1985, no final de seu governo.

"Diga ao presidente para não vir com conversa. Para dar ordens dentro dos Associados, tem de assumir nossa folha de pagamento."

ASSIS CHATEAUBRIAND, dono dos Diários Associados, respondendo a recado do presidente Castello Branco, que pedia o fim da publicação de manifestações contrárias a seu governo nos jornais do grupo.

"Não me deixem só! Eu preciso de vocês."

FERNANDO COLLOR, presidente do Brasil entre 1990 e 1992, em um pronunciamento feito durante o processo de *impeachment*.

Idade

"Teoricamente sabemos que a Terra gira, mas nós não percebemos: o solo que pisamos não parece mexer-se e vivemos tranquilos; o mesmo acontece com o tempo de nossa vida."

MARCEL PROUST, escritor francês.

"A vantagem de ter mais de 60 anos é que você pode fazer coisas ridículas sem ligar para as consequências."

ELIZABETH TAYLOR, atriz, falando de sua própria idade, aos 60 anos, em 1992.

"Eu dei minha beleza e minha juventude aos homens. Agora dou minha sabedoria e minha experiência aos animais."

BRIGITTE BARDOT, atriz francesa, sobre a instituição de proteção aos animais que fundou na década de 1980.

"Sou o que o adolescente jamais encontrará, o que o velho procurou em vão durante meio século, o que a mulher desejava ter para segurar quem a deixou. Compreendem, então, por que me escondo? Não quero que os sonhos acabem."

GRETA GARBO, atriz sueca, em 1990, em uma das raras entrevistas após enclausurar-se para esconder a velhice.

Reflexões

"Toda forma de vício é ruim, não importa que seja droga, álcool ou idealismo."

CARL GUSTAV JUNG, pai da psicologia analítica.

"Sinto-me um lápis nas mãos de Deus."

MADRE TERESA DE CALCUTÁ, religiosa indiana de origem albanesa, prêmio Nobel da Paz.

"O cinema é o modo mais direto de entrar em competição com Deus."

FEDERICO FELLINI, cineasta italiano.

"O homem é um animal racional que sempre perde a calma quando é chamado a agir de acordo com os ditames da razão."

OSCAR WILDE, escritor irlandês.

"Filosofar é como tentar descobrir o segredo de um cofre: cada pequeno ajuste no mecanismo parece levar a nada. Apenas quando tudo entra no lugar a porta se abre."

LUDWIG WITTGENSTEIN, filósofo austríaco.

"A política e os destinos da humanidade são forjados por homens sem ideais nem grandeza. Aqueles que têm grandeza interior não se encaminham para a política."

ALBERT CAMUS, escritor francês, ganhador do prêmio Nobel de Literatura, em 1957.

Guerra, Revoluções e Ideologia

"Vocês me matarão dez homens, enquanto eu lhes matarei um, mas, mesmo com essa conta, vocês não poderão aguentar e eu ganharei."

HO CHI MINH, líder comunista vietnamita, avisando aos franceses, em 1946, que seu país estava preparado para lutar pela independência.

"Não sei se Marx aprova tudo o que estamos fazendo aqui. Mas vou encontrar-me com ele no céu e conversaremos a respeito."

DENG XIAOPING, líder comunista, responsável pelo processo de abertura econômica da China, em 1986.

"A Justiça se defende com a razão, e não com as armas. Não se perde nada com a paz, e pode-se perder tudo com a guerra."

PAPA JOÃO XXIII, em um de seus muitos pronunciamentos contra a guerra.

"Do fundo do coração, sei que nunca mais terei minha inocência outra vez."

ANNE FRANK, jovem judia morta aos 15 anos num campo de concentração nazista, em um dos relatos escritos em seu diário sobre os horrores presenciados durante o Holocausto.

"Nós teremos de lutar outra guerra em 25 anos, a um custo três vezes superior."

DAVID LLOYD-GEORGE, primeiro-ministro britânico, criticando as exigências e indenizações impostas à Alemanha, em 1919, pelo Tratado de Versalhes.

"Queremos a guerra. Para nós, a paz é a destruição de Israel."

YASSER ARAFAT, líder palestino, em 1970.

Profecias Furadas

"O automóvel é só uma novidade. O cavalo está aqui para ficar."

De um **BANQUEIRO AMERICANO** ao advogado de Henry Ford, desencorajando-o a investir na companhia Ford Motor, em 1900.

"O homem nunca será capaz de liberar o poder do átomo."

ROBERT MILLIKAN, prêmio Nobel de Física, em 1923, 22 anos antes da explosão da bomba atômica em Hiroshima.

"Quem, com os diabos, quer escutar atores falando?"

HARRY M. WARNER, presidente da Warner Bros., em defesa do cinema mudo contra o cinema falado, em 1927.

"Não gostamos do som de vocês. Além disso, conjuntos de guitarristas não têm futuro."

EXECUTIVO DA GRAVADORA DECCA, explicando aos integrantes dos Beatles, em 1962, por que não investiria no conjunto.

"O homem não voará nos próximos 1 000 anos."

WILBUR WRIGHT, pioneiro da aviação, a seu irmão Orville, depois de uma experiência fracassada com seu avião, em 1901.

Mulher

"Fui a primeira mulher a queimar sutiã. Os bombeiros levaram quatro dias para apagá-lo."

DOLLY PARTON, atriz e cantora americana, referindo-se ao tamanho de seus seios, para ironizar o movimento feminista.

"Todos os homens que já tive foram para a cama com Gilda – e acordaram comigo."

RITA HAYWORTH, atriz, referindo-se à personagem que a consagrou na década de 1940.

"Eu não sou lésbica. Eu amo homens... Estou sendo punida por ser solteira, ter poder, ser rica e dizer o que quero."

MADONNA, cantora, em entrevista à revista *The Face*, respondendo aos boatos em torno de sua sexualidade.

Créditos das imagens

Fernando Henrique Cardoso - Lézio Junior, p. 06
Ronaldo - Lézio Junior, p. 6/114
Dilma Rousseff - Dalcio, p. 7/222
Fernando Henrique Cardoso - Baptistão, p. 09
Orestes Quércia - Nelio Rodrigues, p. 10
José Sarney - Cau Gomez, p. 11
Ciro Gomes - Baptistão, p. 12
Marta Suplicy - Roberto Jayme, p. 13
Bill Clinton - Dalcio, p. 14
Papa João Paulo II - Franco Origlia/Getty Images, p. 15
Maitê Proença - Ricardo Correa, p. 16
Tim Maia - Baptistão, p. 17
Pedro Malan - Orlando Brito, p. 19
Paulo Maluf - Antonio Milena, p. 20
Herbert de Souza - Oscar Cabral, p. 21
Lúcia Veríssimo - Reginaldo Teixeira/Ana Maria, p. 22
Mário Covas - Ana Araujo, p. 23
Antonio Carlos Magalhães - Sergio Dutti, p. 24
Itamar Franco - Roberto Jayme, p. 25
Geroge Bush - J. David Ake/AFP/Getty Images, p. 26
Fidel Castro - Antonio Ribeiro/Gamma-Rapho via Getty Images, p. 27
Goldie Hawn - Ron Galella, Ltd./WireImage, p. 28
Pelé - Dalcio, p. 29
Claudia Raia - Claudio Rossi, p. 30
Mick Jagger - Lézio Junior, p. 31
Rita Cadillac - João Raposo, p. 32
Woody Allen - Baptistão, p. 33
Fernando Collor de Mello - Sergio Dutti, p. 35
Fernando Henrique Cardoso - Thiago Hoisel, p. 36
Sergio Motta - Orlando Brito, p. 37
Marco Maciel - Ricardo Stuckert, p. 38
Ciro Gomes - Thiago Hoisel, p. 39
Roberto Campos - Bia Parreiras, p. 40
Delfim Netto - Antonio Milena, p. 41
Esperidião Amin - Ricardo Stuckert, p. 42
Benedita da Silva - Sergio Dutti/Claudia, p. 43
Lionel Jospin - Daniel Simon/Gamma-Rapho via Getty Images, p. 44
Alan Greenspan - Terry Ashe/Time Life Pictures/Getty Images, p. 45
Margaret Thatcher - Tim Graham/Getty Images, p. 46
Zagallo - Oscar Cabral, p. 47
Madonna - Dalcio, p. 48
Xuxa - Oscar Cabral, p. 49
Gustavo Kuerten - Getty Images, p. 50
Faustão - Baptistão, p. 51
Pedro Simon - Liane Neves, p. 53
Fernando Gabeira - Dalcio, p. 54
Mário Covas - Eduardo Albarello, p. 55
Fidel Castro - Baptistão, p. 56
Hillary Clinton - Cynthia Johnson/Time Life Pictures/Getty Images, p. 57
Monica Lewinsky - Richard Corkery/NY Daily News Archive via Getty Images, p. 58
Bill Clinton - Rex Banner, p. 59
Carlos Menem - Rafael Wollmann/Gamma-Rapho via Getty Images, p. 60
Carla Perez - Andre Wanderlei/Contigo, p. 61
Francisco Gros - Oscar Cabral, p. 63
Fernando Henrique Cardoso - Paulo Fridman/Time Life Pictures/Getty Images, p. 64
Luiz Estevão - Wanderlei Pozzembom/Agência CBPRESS,p. 65
Luiz Carlos Mendonça de Barros - Germano Luders/Exame,p. 66
Itamar Franco - Evaristo Sa/AFP/Getty Images, p. 67
Cacá Rosset - Egberto Nogueira/Claudia, p. 68
Anthony Garotinho - Arthur Cavalieri, p. 69
Nelson Mandela - Per-Anders Pettersson/Getty Images, p. 70
Dalai-Lama - In Focus/Adriam Groom, p. 71
Mario Vargas Llosa - Baptistão, p. 72
Gisele Bündchen - Jairo Goldfus, p. 73
Cher - Diane Freed, p. 74
Wanderley Luxemburgo - Ricardo Correa, p. 74
Suzana Alves - Marcelo Tinoco, p. 75
Marta Suplicy - Mário Rodrigues, p. 77
Eduardo Jorge Caldas Pereira - Ricardo Stuckert, p. 78
José Eduardo Cardozo - Renata Ursaia, p. 79
Tony Blair - Andrew Hasson/Photoshot/Getty Images, p. 80
Hugo Chávez - Thiago Hoisel, p. 81
Yasser Arafat - Raveendran/AFP/Getty Images, p. 82
Liz Taylor - Jim Smeal/WireImage, p. 83
Amy Irving - Laura Walters, p. 84
Edmundo - Alexandre Battibugli/Placar, p. 85
Rubens Barrichello - Marco de Bari/Quatro Rodas, p. 86
Eliana - Mario Rodrigues, p. 87
Paulo Coelho - Oscar Cabral, p. 88
Adriane Galisteu - Eraldo Platz, p. 88
Britney Spears - SGranitz/WireImage, p. 89
Ciro Gomes - Vanderlei Almeida/AFP/Getty Images, p. 91
Jorge Bornhausen - Orlando Brito, p. 92
Roseana Sarney - Antonio Milena, p. 93
Romeu Tuma - Ana Araujo, p. 94
Fernandinho Beira-Mar - Rodrigo Arangua/AFP/Getty Images, p. 95
Ronald Biggs - Ángel Mora, p. 96
Gerhard Schroeder - Getty Images , p. 97
Luiz Felipe Scolari - Dalcio, p. 98
Vera Zimmermann - Heudes Regis, p. 99
Cristina Mortágua - Oscar Cabral, p. 100
Jennifer Lopez - KMazur/WireImage, p. 101
Roberto Carlos - Dalcio, p. 102
Luciana Gimenez - Mario Rodrigues/Dedoc, p. 103
Angelina Jolie - Jim Smeal/WireImage, p. 104
José Mayer - Baptistão, p. 105
Gilberto Gil - Camilo Riani, p. 107
George Bush - Alex Wong/Getty Images, p. 108
Ariel Sharon - David Silverman/Getty Images, p. 109
Saddam Hussein - Courtesy INA/Getty Images, p. 110
Vladimir Putin - Cárcamo, p. 111
Syang - Bob Paulino/Contigo, p. 112
Halle Berry - SGranitz/WireImage, p. 113
Deborah Secco - Rafael Campos/Contigo, p. 115
Ivete Sangalo - Baptistão, p. 116
Jennifer Aniston - Justin Kahn/WireImage, p. 117
Harrison Ford - Dalcio, p. 118
Fernanda Lima - Renata Ursaia/Contigo, p. 119
João Pedro Stedile - Mauricio Lima/AFP/Getty Images, p. 121
Luiz Inácio Lula da Silva - Dalcio, p. 122
Aloizio Mercadante - Antonio Milena, p. 123
Geraldo Alckmin - Steven Brahms/Bloomberg via Getty Images, p. 124
Horácio Lafer Piva - Antonio Milena, p. 125
Colin Powell - Scott J. Ferrell/Congressional Quarterly/Getty Images, p. 126

Daniela Sarahyba - Ricardo Fasanello/Strana, p. 127
Aécio Neves - Nelio Rodriguers/Ag.Primeiro Plano, p. 129
Waldomiro Diniz - Ana Araujo, p. 130
Luiz Inácio Lula da Silva - Ricardo Stuckert/Ag.Brasil, p. 131
Roberto Freire - Elza Fiuza /Ag. Brasil, p. 132
Condoleezza Rice - Alex Wong/Getty Images, p. 133
George W. Bush - Lézio Júnior, p. 134
Dalai-Lama - Cárcamo, p. 135
Lenny Kravitz - Ron Gaiella/WireImage, p. 136
Emerson Fittipaldi - Baptistão, p. 137
Sharon Stone -WireImage, p. 138
Maradona - Dalcio, p. 139
Luiz Inácio Lula da Silva - Antonio Milena/Ag. Brasil, p. 141
Roberto Jefferson - Ana Araujo, p. 142
José Serra - Baptistão, p. 143
Marcos Valério de Souza - Nelio Rodrigues/Ag.Primeiro Plano, p. 144
Luiz Inácio Lula da Silva - Ana Araujo, p. 145
Fernando Gabeira - Cárcamo, p. 146
João Ubaldo Ribeiro - Mário Alberto, p. 147
Papa Bento XVI - Franco Origlia/Getty Images, p. 148
Paul McCartney - Baptistão, p. 149
Rick Martin -Baptistão, p. 150
Caetano Veloso - Dalcio, p. 151
Angelina Jolie - Jeff Kravitz/FilmMagic, p. 152
Sharon Osbourne - Dave Hogan/Getty Images, p. 153
Marco Antonio Villa - Roberto Setton, p. 155
Paulo Brossard - Dalcio, p. 156
Joelmir Beting - Claudio Rossi, p. 157
Luiz Inácio Lula da Silva - Ricardo Stuckert/Ag.Brasil, p. 158
Lobão - Dalcio, p. 159
Heloísa Helena - Lailson Santos, p. 160
Hugo Chávez - Mario Tama/Getty Images, p. 161
Paola Oliveira - Selmy Yassuda/Contigo, p. 162
Clodovil - Marco Pinto/Vivamais, p. 163
Romário - Cárcamo, p. 164
Madonna - Kevin Mazur/WireImage, p. 165
Luiz Inácio Lula da Silva - Baptistão, p. 167
Eduardo Suplicy - Carlos Prates/Contigo, p. 168
Marta Suplicy - Carol T. Powers/Bloomberg via Getty Images, p. 169
Guido Mantega - Baptistão, p. 170
Hugo Chávez - Lézio Júnior, p. 171
Al Gore - Chris Jackson/Getty Images, p. 172
Isabeli Fontana - Scott Wintrow/Getty Images, p. 173
Jessica Alba - Jon Kopaloff/FilmMagic, p. 174
Kirsten Dunst - Getty Images, p. 175
John McCain - Getty Images, p. 177
Celso Pitta - Renata Ursina, p. 178
Geraldo Alckmin - Baptistão, p. 179
Carlos Ayres Britto - Ana Araujo, p. 180
Fernando Gabeira - Fabio Pozzebom/Ag. Brasil, p. 181
Dilma Rousseff - Kazuhiro Nogi/AFP/Getty Images, p. 182
Barack Obama - Baptistão, p. 183
Sarah Palin - Dalcio, p. 184
Michelle Obama - Keith Bedford/Bloomberg via Getty Images, p. 185
Carla Bruni-Sarkozy - Pool Interagences/Gamma-Rapho via Getty Images, p. 186
Cristiano Ronaldo - Dalcio, p. 187
Johnny Depp - Mike Marsland/WireImage, p. 188
Charlize Theron - Richard Corkery/NY Daily News Archive via Getty Images, p. 189
Kim Basinger - Brian To/FilmMagic, p. 190
Renato Gaúcho - Lézio Júnior, p. 191
Luiz Inácio Lula da Silva - Ricardo Stuckert/Ag. Brasil, p. 193
José Mucio Monteiro - Fabio Pozzebom/Ag. Brasil, p. 194
Fernanda Paes Leme - Marcus Mendonca/Contigo, p. 195
Tião Viana - Cristiano Mariz, p. 196
Pedro Simon - Baptistão, p. 197
Dilma Rousseff - Ana Araujo, p. 198
Silvio Berlusconi - Baptistão, p. 199
Barack Obama - Dalcio, p. 200
Aldo Rebelo - Mario Rodrigues, p. 201
Ozzy Osbourne - Baptistão, p. 202
Sting - Dalcio, p. 203
Carlitos Tevez - Dalcio, p. 204
Ronaldo - Dalcio, p. 205
Kátia Abreu - Lailson Santos, p. 207
Marina Silva - Baptistão, p. 208
Plínio de Arruda Sampaio - Fernando Moraes, p. 209
Zezé di Camargo - Reginaldo Teixeira/ Contigo, p. 210
Dilma Rousseff - Camilo Riani, p. 211
Raoni - Richard Bord/Getty Images, p. 212
José Serra - Camilo Riani, p. 213
Angela Merkel - Baptistão, p. 214
Mano Menezes -Thiago Hoisel, p. 215
Paris Hilton - Baptistão, p. 216
Sabrina Sato - Baptistão, p. 217
Sandra Bullock e Scarlett Johansson - Jeff Kravitz/ FilmMagic , p. 218
James Cameron - Baptistão, p. 218
Angelina Jolie - Thiago Hoisel, p. 219
José Alencar - Ana Araujo, p. 221
Gilberto Kassab - Lailson Santos, p. 223
Antonio Palocci - Renato Araujo/Ag. Brasil, p. 224
Nelson Jobim - Baptistão, p. 225
Barack Obama - Dennis Brack-Pool/Getty Images, p. 226
Gilmar Mendes - Camilo Riani, p. 227
Joseph Blatter - Dalcio, p. 228
Pelé - Baptistão, p. 229
Ringo Starr - Baptistão, p. 230
Daniel Radcliffe - Baptistão, p. 231
Jim Carrey - Dalcio, p. 232
Alice Cooper - Baptistão, p. 233
Demóstenes Torres - Pedro Ladeira/AFP/Getty Images, p. 235
Ferreira Gullar - Baptistão, p. 236
Eike Batista - Lézio Júnior, p. 237
Evo Morales - Baptistão, p. 238
Vladimir Putin - Dalcio, p. 239
Neymar - Baptistão, p. 240
Christopher Plummer - Lucas Leibholz, p. 241
Getúlio Vargas - George Karger/Pix Inc./Time Life Pictures/ Getty Images, p. 243
Ronald Reagan - Dirck Halstead//Time Life Pictures/Getty Images, p. 244
Princesa Diana - Tim Graham/Getty Images, p. 245
James Dean - Michael Ochs Archives/Getty Images, p. 246
Marcel Proust - Martinie/Roger Viollet/Getty Images, p. 247
Brigitte Bardot - Keystone-France/Gamma-Keystone via Getty Images, p. 248
Oscar Wilde - Universal History Archive/Getty Images, p. 249
Papa João XXIII - David Lees/TimeLife Pictures/Getty Images, p. 250
Rita Hayworth - John Kobal Foundation/Getty Images, p. 251